微笑み返し

栄次郎江戸暦18

小杉健治

時代小説

二見時代小説文庫

目　次

『微笑み返し——栄次郎江戸暦18』の主な登場人物

矢内栄次郎《やないえいじろう》……一橋治済《はるさだ》の庶子。三味線と共に市井《しせい》に生きんと望む。杵屋吉栄《きちえい》の名取《なとり》名を持つ。

矢内栄之進《やないえいのしん》……家督を継いだ、栄次郎の兄。御徒目付《おかちめつけ》を務める幕臣。

杵屋吉右衛門《きねやきちえもん》……栄次郎が三味線、浄瑠璃《じょうるり》、長唄を習っている師匠。

お秋《あき》……以前矢内家に年季奉公をしていた女。八丁堀与力・崎田孫兵衛の妾《めかけ》となる。

崎田孫兵衛《さきたまごべえ》……お秋を腹違いの妹と周囲を偽り囲っている、八丁堀同心支配掛かりの与力。

幸兵衛《こうべえ》……元の名を武三《たけぞう》といい、「山城屋」に婿に入る。名取名を幸栄《こうえい》という。

安太郎《やすたろう》……武三の幼なじみ。父親の博打が原因で家業が人手に渡った過去を持つ。

おたか……安太郎の取引先の問屋の娘という触れ込みで幸兵衛に近づく。

およう……山城屋の娘。武三（幸兵衛）を婿に迎える。

蔵右衛門《くらえもん》……日本橋小網町《こあみちょう》の海産物問屋「美浜屋《みはまや》」の主人。

蔵太郎《くらたろう》……蔵右衛門の伜。酒のしくじりで騒動に巻き込まれる。

杵屋吉次郎《きねやきちじろう》……本名を坂本東次郎《さかもととうじろう》という旗本の次男坊。栄次郎の三味線の兄弟子。

天木真二郎《あまきしんじろう》……南町奉行所同心。又蔵に十手を与えている。

又蔵《またぞう》……天木配下の岡っ引き。

富五郎《とみごろう》……上州の商人と身分を偽っていた、盗賊「霞小僧《かすみこぞう》」一味の頭目。

微笑み返し――栄次郎江戸暦18

第一章　幼馴染み

一

初秋の七月十七日。お盆も終わり、十六日の藪入《やぶい》りも済んで、小僧もまた働いている。池之端仲町《いけのはたなかちょう》にある太物問屋《ふとものどんや》『山城屋《やましろや》』の店先に、羽織姿の三十ぐらいの男が現れた。二十二、三歳と思える女を連れている。

客に挨拶してまわっていた幸兵衛《こうべえ》は顔を見ておやっと思った。眦《まなじり》が下がり、人の好さが丸出しの福々しい顔は昔と変わらない。

「安太郎《やすたろう》じゃないか」

幸兵衛は懐かしそうに声をかけた。

一瞬目を見張ったあとで、

「武三《たけぞう》？　武三なのか」

「ああ、武三だ」

「ここは武三の？」

「そうだ。上がらないか」

幸兵衛は横にいる美しい女を見た。それに気づいて、

「このひとは私がお世話になっている問屋の娘さんなんだ。反物《たんもの》が欲しいというので
いっしょにやって来たんだ。まさか、武三の店だとはな」

「安太郎さん、私は反物を見ていますから」

「よろしかったら、ごいっしょに」

幸兵衛は勧《すす》める。

「いえ、積もる話もおありでしょうから」

女は遠慮した。

「じゃあ、おたかさん。すまないが、行ってくる」

「はい、どうぞ、ごゆるりと」

おたかという女は微笑んだ。

幸兵衛は安太郎を客間に案内した。商談で使う部屋でなく、親しい人間を招き入れ

る客間で、庭に面している。

初秋の風が入ってきて、安太郎は満足そうに笑みを湛《たた》えた。

「もう何年になるかな」

幸兵衛がしみじみ言う。

「二十年だ」

安太郎が応じた。

「そうか、二十年か」

「親父の店が人手《ひとで》に渡ったのは、俺が十歳のときだった」

深川《ふかがわ》の北森下町《きたもりしたちょう》で幸兵衛の家は鼻緒屋、安太郎の家は荒物屋をやっていた。が、安太郎の父親が博打《ばくち》で大負けをし、店を乗っ取られたのだ。安太郎の妹とふた親の一家四人は町を出て行った。

「あのあと、どうしたんだ？」

母親の実家のある巣鴨村《すがもむら》に行ったという話があり、一度、幸兵衛も訪ねたことがあるが、実家らしき家は見つからなかった。

「一家で芝《しば》に行った」

「芝か」

「俺も妹もやがて奉公に出た」

「そうか。どこへ？」

「俺は芝にある酒屋だ。妹は……」

安太郎の顔が歪んだ。

「妹はまだ四歳ぐらいだったが？」

「そうだ」

「どこに？」

「神明前《しんめいまえ》にある女郎屋だ」

「女郎屋？　まだ、子どもだったはずだ」

「数年して、客をとらされたようだ」

「………」

幸兵衛は痛ましさに息を呑んだ。

「だが、心配しないでいい。今は俺が請《う》け出し、その後、縁あって職人の嫁になった」

「そうか、それはよかった。それにしても、よく請け出すことが出来たな」

その金はどうしたのかと気になった。

「奉公先の主人に気に入られてね。お金を喜んで借してくれたんだ。それから、独り立ちもさせてくれた。今は本郷《ほんごう》に店を持っている。店も順調で、借りたお金もすべて返すことが出来た」

　安太郎はにこやかに言う。

「たいしたもんだ」

「いや、武三のほうがたいしたものだ。こんな大店《おおだな》の主人になって」

　安太郎は目を見張って言う。

「いや、俺の力じゃない、婿《むこ》に入っただけだからな。去年、岳父が死んで、俺が店を継いだ。名も幸兵衛と改めた」

「そうか。武三ではないんだな」

「『山城屋』の当主は代々、幸兵衛を名乗っているんだ」

「やはり、武三は、いや幸兵衛……。どうも幸兵衛と呼び捨てに出来ねえな。幸兵衛さん」

「よしておくれ、呼び捨てにしてくれ」

「そうか。でも、無理だ。やはり、幸兵衛さんは小さい頃から俺たちとはどこか違っていた。俺の思ったとおりだ。やはり、大きくなる男だった」

「いや、安太郎のほうは自分で一から興《おこ》した店じゃないか。婿入りし、出来上がっている店を引き継いだだけの俺とはまったく違う」

「大きさが違う。俺の店は小商いだ。比べ物にはならない」

「そんなことはない」

そう言ったあと、お互い顔を見合わせて苦笑した。

「こんなことで言い合うのもおかしい」

幸兵衛は手を叩き、女中を呼んだ。

「すまないが、おようを呼んでくれないか」

「畏《かしこ》まりました」

女中が下がった。

「家内に引き合わせよう。おや、安太郎はおかみさんは？」

「三年前に死に別れた」

「すまないことをきいた」

「いや、気にしないでくれ。幸兵衛さんのおかみさんに会えるのはうれしい」

廊下に足音がして、内儀のおようがやって来た。

「お呼びでございますか」

「うむ、入っておくれ」

「はい、失礼します」

おようが幸兵衛の近くに座った。

「私の幼馴染みの安太郎だ。兄弟のように仲がよかった。さっき、店でばったり会ったんだ。二十年ぶりだ」

幸兵衛は心を浮き立たせて言う。

「まあ。そうでしたか」

おようは顔をほころばせ、

「家内のおようにございます」

「安太郎にございます。まさか、武三がこのような大店のご主人になっていたとは想像さえも出来ませんでした」

「安太郎だって、自分の店を持っているのだ」

「いえ、小さな店です」

「うちのひとのこんなにうれしそうな顔を見たのは久しぶりのような気がします。どうぞ、これをご縁に、よろしくお願いいたします」

おようが頭を下げた。

「こちらこそ」

安太郎が頭を下げた。

「そうだ。お連れが反物を見ていた。そろそろ、見終える頃ではないか。ここに呼ぼうではないか」

「すまないが、幸兵衛さんが誘ってくれないか。俺では遠慮してしまうだろう」

「そうだな。よし、行ってこよう」

幸兵衛が立ち上がった。

「それから、もし欲しい反物があったら買い求める。勘定は俺が持つ」

「わかった」

幸兵衛は店に出て、反物をふたつ膝の前に置いて小首をひねっているおたかに声をかけた。

「おたかさん、お気に召すものがございましたか」

「あら、ご主人」

おたかは目を輝かして、

「じつは、どちらにするか迷っています」

と、困ったような声で答えた。

「そうですか。では、これを向こうに運んで、安太郎の考えをききましょう。さあ、どうぞ」

「あっ、待ってください。ご主人はどう思いますか」

群青《ぐんじょう》色と桜色のふたつの反物をそれぞれ左右の腕に抱えて、少し小首を傾げて切れ長の目でじっと見つめた。その表情が妙に色っぽい。幸兵衛はあわてて、

「安太郎に選んでもらったほうがいいですよ。さあ、行きましょう」

と、促した。

「はい」

「番頭さん、これを奥の客間に運んでくれないか」

「畏まりました」

番頭は反物を持って、おたかといっしょについてきた。

結局、おたかは安太郎の勧める桜色の反物を買い求めることになり、番頭がいったん反物を引き上げた。

番頭が去り、四人だけになって、

「幸兵衛さんとおかみさんは音曲《おんぎょく》が縁だそうですね」

と、安太郎がきいた。おようからきいたのだろう。

「そうなんだ。先代とは元鳥越町《もととりごえちょう》にある杵屋吉右衛門《きねやきちえもん》という師匠のところで知り合ったのだ。いわば、兄弟弟子《でし》でね。その頃から、先代に気に入っていただいて、養子に乞われるようになったのだ」

幸兵衛は懐かしく遠い日を思い出した。

「幸兵衛さんは今もお稽古に？」

「行っている。なかなか先代のようにはなれないがね。先代は声がよく、聞かせどころもうまかった」

「でも、今度、名取《なとり》になるんです」

およう が幸兵衛の自慢をするように言う。

「ほう、それはたいしたもんだ」

「いや、遅いほうだ。もう十年近く続けているからね」

「来月、札差《ふださし》の『広田屋《ひろたや》』さんの屋敷で開かれる会で名取の披露をするそうです」

おようが嬉しそうに話す。

「ほう、『広田屋』で……」

「『広田屋』さんのご主人は芝居好きで、屋敷に舞台まで作ってあるんだ。ご自分でも、芝居を演じる」

「さすが、豪商の札差だ」

　安太郎は感嘆したように言う。

「今年は助六《すけろく》を演じるそうだ。花魁《おいらん》の揚巻《あげまき》に、ほんものの役者の市村咲之丞《いちむらさきのじょう》を当てるそうだ。出演料はもちろん『広田屋』さんが持つ」

「豪気なものだ」

「吉右衛門師匠が地方《じかた》を頼まれている。それで、そのとき、私の名取の披露をすることになってね」

「『広田屋』さんの芝居はどうでもいいが、俺は幸兵衛さんの唄を聞いてみたい。行っていいか」

「恥ずかしいが」

「私もお聞きしたい」

　おたかがはしゃいだ声を出した。

「聞いてもらうようなものではないが、ぜひ遊びに来てください」

　幸兵衛はおたかに言う。

「うれしい」

　おたかは声を弾ませた。

客間は賑やかだった。どういうわけか、幸兵衛はおたかと、安太郎がおようと話すという組み分けが出来ていた。

おたかはときたま幸兵衛の目をじっと見つめる。そのたびに、幸兵衛は胸が騒いだ。幸兵衛の様子に気づくことなく、安太郎とおようは話が弾んでいた。

おたかは取引先の問屋の娘だというが、ほんとうにそうだろうか。

「旦那さま」

番頭が呼びに来た。

「いらっしゃったか」

「はい」

「すぐ行く」

「とんだ長居をしてしまいました」

安太郎があわてて言う。

「まだ、いいではないか。さっき話した会のことで、三味線《しゃみせん》を弾いてくれる杵屋吉栄《きちえい》さんと打ち合わせなんだ。話がすめばすぐ戻ってくる」

「幸兵衛さん、それは大事な打ち合わせじゃないか。またゆっくり寄せてもらうよ」

「そうか」

おたかともっといっしょにいたい気分だったのだ。次回も、おたかを連れてきてくれないかという言葉が喉元まで出かかったが、口には出せなかった。

「では、今度は夕餉《ゆうげ》でもいっしょしよう。灘《なだ》の酒があるのだ」

幸兵衛はちらっとおたかを見る。

「私もごいっしょしていいですか」

おたかが声を弾ませた。

「構いませんよ」

およちが口をはさみ。

と、幸兵衛に確かめた。

「ねえ、おまえさん」

「ああ、もちろんだ。安太郎、おたかさんといっしょに来い」

「わかった。そうしよう」

安太郎は微笑み、およちの案内で廊下に出た。

店で番頭から品物を受け取って、安太郎とおたかは引き上げた。

女中が茶托などを片付けたあと、杵屋吉栄が右手に刀を持って入ってきた。吉栄は直参《じきさん》の部屋住みで、実の名を矢内栄次郎《やないえいじろう》という。

鋭い眼光とすっとした鼻筋に引き締まった口許。細面《ほそおもて》のりりしい顔立ちだが、匂い立つような男の色気がある。それでいて、どこか気品が漂っている。

「お客さまでしたか。追い返すような形になって申し訳ありません」

対座してから、栄次郎が口を開いた。

「いや、ちょうど引き上げるところでした。幼馴染みと二十年振りに再会しましてね」

「さっきお見掛けしたお方ですか」

「そうです。十歳のときに一家でどこかに引っ越していったきり、きょうまで会うことはありませんでした。ときたま、今頃どこで何をしているのだと思っていたんです」

「そうですか。まさか、ご自分の店で再会出来るなんて奇遇ですね」

「ええ、ほんとうに。今は本郷で酒屋をやっているそうです。立派にやっていたので、安心しました」

幸兵衛は目を細めてから、

「吉栄さん、わざわざお出でいただきありがとうございます」

「いえ、通り道ですので、お気兼ねなく」

吉栄は穏やかに言ってから、

「さっそくですが、お稽古は黒船町《くろふねちょう》の私の知り合いの家でよろしいのでしょうか」

と、確かめた。

「はい。奉公人に聞かれたくありませんので」

幸兵衛は苦笑する。

黒船町の知り合いの家というのは、栄次郎の実家である矢内家に昔奉公していたお秋《あき》という女の家だ。

二階の一部屋を、三味線の稽古用に借りているという。

「家は御厩河岸《おうまやがし》の近くです。わからなければ、南町の与力・崎田孫兵衛《さきたまごべえ》さまの妹ときけば教えてくれるはずです」

「わかりました」

「『越後獅子《えちごじし》』か『藤娘《ふじむすめ》』のどちらにしましょうか」

「そう思っていたのですが、『汐汲《しおくみ》』にしようかと」

「『汐汲』ですか」

栄次郎が怪訝《けげん》そうな顔をした。

「いかがでしょうか」

幸兵衛は栄次郎の顔色を窺う。

「構いません。幸栄《こうえい》さんがお望みのものを弾かせていただきます」

幸栄とは幸兵衛の名取の名だ。

「それでは『汐汲』で」

幸兵衛は身を乗り出して言う。

「わかりました」

『汐汲』は、須磨《すま》に流された在原行平《ありわらのゆきひら》と海女《あま》の松風《まつかぜ》・村雨《むらさめ》との恋物語を扱ったもので、幸兵衛は急にこの唄に替えたのだ。

おたかが会に来ると思うと、この唄のほうがいいと思うようになったのだ。幸兵衛はおたかのことが気になったが、それでも安太郎の女だという思いはあり、それ以上のことを望むつもりはなかった。

「それでは、明日。お待ちしております」

栄次郎は立ち上がった。

「よろしくお願いいたします」

栄次郎を見送って居間に行くと、おようが入ってきた。

「安太郎さん、ずいぶん腰の低いお方なのね。おまえさんのことを、さん付けでよんで」

「昔からそうだった。こっちのことを立ててくれる人間だ。もし、暮らしに困っているようなら助けてあげたいと思っていたが、順調のようだ。よかった」

幸兵衛は友のために喜んだ。

「さあ、お店に顔を出そう」

幸兵衛は改めて店に向かった。

二

栄次郎は池之端仲町から浅草《あさくさ》黒船町のお秋の家に行った。

お秋は矢内家に年季奉公をしていた女で、幸兵衛には与力の妹と話したが、実際は崎田孫兵衛の妾《めかけ》だった。世間には、腹違いの兄妹と称している。

二階の小部屋に入り、まっすぐ窓に向かった。大川《おおかわ》が望め、近くの御厩河岸の渡しから対岸の本所《ほんじょ》に向かって船が出て行った。

初秋の空は青く澄んでいた。風もさわやかだ。

札差『広田屋』での会では、栄次郎も芝居の助六《すけろく》の地方を務める。そのほかに、役者の市村咲之丞の踊りの地方、そして『山城屋』の幸兵衛の唄だ。

それにしても、幸兵衛がいきなり唄を替えたのは何か気持ちの変化があったのだろうか。きのうまでは『越後獅子』か『藤娘』のどちらにするかで迷っていたはずだが……。

「栄次郎さん、よろしいですか」

襖が開いて、お秋が入ってきた。

栄次郎は窓から離れ、部屋の真ん中に戻った。

向かい合ったお秋が、

「うちの旦那が栄次郎さんにお願いがあるそうなの。今夜、話を聞いてやっていただけないかしら」

「今夜は来る予定ではなかったのでは？」

「栄次郎さんに会いにくるの」

「そうですか。私に願いだなんて何があったんでしょうか」

栄次郎は首を傾《かし》げたが、想像もつかない。だが、以前にもあったが、孫兵衛が私的に頼まれたことを栄次郎にやらせようとしているのかもしれないと思った。

「じゃあ、お願いね。旦那が来たら、お呼びしますから」

「わかりました」

お秋が出て行き、栄次郎は三味線を抱えた。

亡くなった矢内の父は一橋家《ひとつばしけ》二代目の治済《はるさだ》の近習番《きんじゅうばん》を務めており、謹厳なお方で、母もまた厳しいお方であった。

だから、部屋住みの身であっても、栄次郎が三味線に現《うつつ》を抜かすことを許すはずがなく、やむなくこの部屋を三味線の稽古のために借りている。

ゆくゆくは武士を捨て、三味線弾きで身を立てたいなどと言ったら、母は卒倒しかねない。

栄次郎は『汐汲』を以前にも舞台で弾いたことがあるが、しばらく弾いていないので稽古が必要だった。

三味線を抱え、撥《ばち》を構える。息を吸い込み、いよっと心の内で声をかけ、撥を振り下ろした。

何度か繰り返し弾いて、ようやく指と糸と撥が一体になってきた。

気がつくと、部屋の中は薄暗くなっていた。

「失礼します」

襖《ふすま》の外で、女中の声がした。

「灯りを」

女中が入って来て、行燈《あんどん》を灯《とも》した。

「ありがとう」

栄次郎は声をかける。

「お邪魔をして申し訳ありませんでした」

女中が部屋を出て行った。

再び、三味線を抱えた。

だいぶ滑《なめ》らかに指が動くようになった。音締めに満足して弾き終えたとき、お秋の声がした。

「栄次郎さん、旦那がいらっしゃったわ」

襖を開けて、お秋が言う。

「すぐ、行きます」

栄次郎は三味線を片付け、部屋を出た。

梯子段《はしごだん》を下りて居間に行くと、崎田孫兵衛は着替えて、長火鉢を前に座っていた。

「栄次郎どの。座られよ」

孫兵衛が声をかける。町奉行所与力の最高位である年番方《ねんばんかた》の与力で、一番の実力者だが、普段は単なる脂《あぶら》ぎった顔の好色な男にしか見えなかった。それが、今はいかめしい顔つきだ。

「何か頼みがあるようですが、ひょっとして、どこぞの大店の主人から頼まれたことを私にやらせるつもりではないでしょうね」

栄次郎は警戒して言った。

奉行所の与力・同心は日頃から付け届けが多い。町中で何かいざこざに巻き込まれたときに備え、与力や同心と誼《よしみ》を結んでおくのだ。自分に不利にならないようにうまく取り計らってもらうためだ。

ことに年番方の与力ともなれば、その付け届けの額もかなりのものになるだろう。その金で、孫兵衛はここにお秋を囲うことが出来るのだ。

「そう先に言われると、話しづらい」

孫兵衛は正直だった。

「まあ、聞いてくれ」

孫兵衛は勝手に続ける。

「じつは日本橋小網町《にほんばしこあみちよう》にある海産物問屋『美浜屋《みはまや》』の主人蔵右衛門《くらえもん》から相談があっ

た。倅《せがれ》の蔵太郎《くらたろう》がひとを殺したかもしれないと言うのだ」

「穏やかではありませんね」

「うむ。五日前の夜、前夜に外泊した蔵太郎がこっそり帰ってきた。様子がおかしいので、蔵右衛門が呼びつけたところ、着物の袖口に血がついているのに気づいたという。蔵太郎が怪我をしたのかと思ったが、そうではなかったのだ」

孫兵衛は難しい顔をして、

「蔵右衛門の問いに、蔵太郎はこう話したそうだ」

と、語った。

蔵太郎は伊勢町河岸《いせちょうがし》にある『おろち』という呑み屋で働いていたおなかという女と親しくなり、お店が終わってから、遅くまでやっている居酒屋に行って呑みなおした。そこでかなり酔っ払ったあと、近くのおなかの家に誘われた。その家は浜町堀《はまちょうぼり》の近くだった。そこで、酔いつぶれてしまった。

そして、目が覚めたのは、翌日の夕方で、横に男が寝ていた。驚いて男を見ると、身じろぎひとつしないので、起こそうと体に手をかけたとき、手のひらがぬるっとした。驚いて、胸の辺りを見たら血が滲んでいた。そして、そばに血のついた匕首《あいくち》が落ちていた。

「台所で血を洗い流して、『美浜屋』まで帰ったきたと、蔵太郎は話したそうだ。驚いて、蔵右衛門が浜町堀の家に行くと、そこは空き家だった」

「つまり、殺しがあったかどうかわからないのですね」

「少なくとも、五日経つが、騒ぎはない。奉行所にも殺しがあったという知らせは届いていない」

「妙ですね」

「蔵太郎が酔っ払って夢を見たのではないかと疑ったが、蔵太郎の着物の袖に血がついていたのは間違いない。栄次郎どの」

　孫兵衛は身を乗り出し、

「このことをひそかに調べてもらえまいか。蔵右衛門は、蔵太郎が何かの罠《わな》にはまり、このあと『美浜屋』に何か災いが起きるのではないかと不安がっているのだ」

「美浜屋さんは、なぜ正式に奉行所に届けないのですか」

「万が一、蔵太郎が関わっていたらということを恐れている。だから、このまま知らぬふりをしてやり過ごすことも考えたようだが、もし、罠だったらと考え、わしのところに相談にきたのだ」

「そうですか」

付け届けをもらっているので孫兵衛は引き受けざるを得なかったのだろう。しかし、それを栄次郎にさせるということに納得いかなかったが、二階の小部屋を借りていることもあり、断わることは出来なかった。

それに、栄次郎は他人が困っているのを見過ごすことの出来ない性分で、頼まれなくても手を差し伸べたくなるのだ。

「わかりました。お引き受けいたしましょう」

栄次郎は答え、

「では、さっそく明日、『美浜屋』に行って話を聞いてみます。その前に、先方にお話を通しておいていただけませんか」

「いや、通してある」

「えっ？」

「矢内栄次郎という者がいろいろ調べてると話してある」

栄次郎は呆れた。栄次郎に依頼する前に、先方に話をしているのだ。

「栄次郎どの、そういうわけだ。このとおり」

孫兵衛は頭を下げた。

「お顔をお上げください」

「よし」

孫兵衛の表情が一転し、

「これで安心して酒が呑める。お秋、支度を」

と、弾んだ声を出した。

「崎田様、私はこれで」

「なに、いいではないか」

「今夜は兄と話があるもので」

栄次郎は言い訳をして、腰を上げた。


栄次郎は本郷の屋敷に帰った。

兄と話があるというのは引き上げる口実だったが、夕餉《ゆうげ》をとったあとに兄栄之進《えいのしん》に呼ばれた。

兄は矢内の父に似て、威厳を保つように胸を張り、口を真一文字に結び、いかめしい顔をしている。

しかし、実際は砕《くだ》けたところがあり、深川の安女郎屋に遊び、女郎たちを集めて面白い話をして笑わせるという、外見からは考えられない一面を持っていた。

だから、栄次郎が三味線弾きになるということにも理解を示していた。

「兄上、何か」

「母上から例の件、持ち出された」

「後添《のちぞ》いのことですか」

「そうだ」

兄嫁が流行《はや》り病《やまい》で若くして亡くなって数年経ても、兄は後添いをもらおうとしなかった。兄嫁のことが忘れられないということもあったが、栄次郎が誘った深川の女郎屋に、兄は通うようになった。

女たちは世辞にもいいとは言えない顔立ちだが、気取らずあけっぴろな人間性に、兄はすっかり魅せられていた。そういう女たちと話すのが楽しくてならないようで、兄嫁を失った悲しさや寂しさを癒《いや》すに十分だった。だから、後添いの話をみな断わってきた。だが、いつまでも逃げ回っているような状況ではなくなったらしい。

「御前《ごぜん》からだといって、母上が話を持ってきた」

「そうですか」

御前とは、一橋家の用人をしていた岩井文兵衛《いわいぶんべえ》で、治済の近習番を務めていた矢内の父とは懇意だった。

「いつまでもお断わりしているわけにもいかない。前にも御前の話をお断りしたこともあり、これ以上、御前の顔を潰《つぶ》すわけにもいかぬ」

兄はため息混じりに言う。

「お相手は？」

「いや、聞いておらぬ。聞いてからお断わりするようなことがあっては相手に失礼に当たると思ってな」

「そうですか。兄上も年貢《ねんぐ》の納め時ですか」

「いや、そなたもそう暢気《のんき》に構えていられぬぞ」

「そうですね」

母は次は栄次郎に矛先《ほこさき》を向けてくるはずだ。

「それより、そなたはわしが後添いをもらったらどうするつもりだ」

兄は困惑した顔で、

「そなたは、わしが後添いをもらったら、この屋敷を出ると話していた。母上は、出て行くなら養子先を探すはずだ」

「はい」

新しい兄嫁がきたら、栄次郎はお秋の家に居候《いそうろう》しようかと思っている。だが、母は許すまい。

「栄次郎。わしが後添いをもらってもこの屋敷に留まれ。でないと、養子に行かされる」

「はい」

養子に行けば、もう三味線など出来ない。

「それとも、親子の縁を切る覚悟で、母上を説き伏せるか」

兄はやり切れないように言う。

「そこまではしたくありません。他人の子の私を……」

「栄次郎、それは言うな」

「はい」

じつは栄次郎は矢内家の人間ではない。一橋治済が旅芸人の女に産ませた子だ。その子を引き取り、実の子として育ててくれたのが矢内の父と母である。

栄次郎も実の父と母と思っている。だから、母を悲しませるような真似はしたくなかった。

「栄次郎。わしが後添いをもらうことになっても、この屋敷に残れ」

「はい」

そうは答えたが、弟とはいえ若い男がいっしょだと、狭い屋敷では兄嫁も窮屈なはずだ。それを考えたら、出て行くべきだと思うのだ。

「後添いをもらうまで、せいぜい深川に遊びに行ってくる。悔いがないようにな」

兄は笑った。

翌朝、栄次郎はいつものように庭に出て素振りをした。田宮流居合術《たみやりゅういあいじゅつ》の達人である栄次郎は毎日の鍛錬を欠かさなかった。

風に揺れる柳の小枝が稽古の相手で、居合腰から抜刀し、小枝の寸前で切っ先を止め、鞘《さや》に納める。それを何度も繰り返すのだった。

半刻（一時間）ほど、汗を流して切り上げる。

朝餉のあと、栄次郎は母に呼ばれた。

母は仏間にいて、灯明《とうみょう》を上げ、仏壇に手を合わせていた。

「栄次郎」

母は場所を空けた。

栄次郎は仏壇の前に座り、手を合わせた。

差し向かいになると、

「栄次郎」

と、母が口を開いた。

「栄之進から聞いたと思いますが、ようやく栄之進も後添いをもらう気になってくれました」

「はい」

「あとは、そなたです」

「…………」

「兄が後添いをもらうまでは、と頑《かたく》なに養子に行くことを拒《こば》んでおりましたね」

「いえ、それは……」

「栄次郎」

母が威儀《いぎ》を正し、

「このたびのお相手は一千石の旗本の娘御です。矢内家とは家格が違い過ぎますが、岩井文兵衛さまのお力添えで叶うことになりました。そなたも、いつまでも三味線などに現《うつつ》を抜かさず、ちゃんとした養子先を見つけねば……」

「母上、話の腰を折るようで恐縮ですが」

栄次郎は口をはさんだ。

「なんですね」

「お相手は一千石の旗本の娘御さんということですが、少し家格が違いすぎませんか」

「家格の違いなど、なんともありません。我が矢内家は一橋治済さまの近習番を務めた家柄です。治済さまは現将軍の家斉《いえなり》さまのご尊父、つまり大御所《おおごしょ》さまと関わりのある家です。なんの家格だけで卑下することがありましょう」

「なれど、一千石の暮らしをされていたお姫さまが……」

「心配はいりません」

母は栄次郎の言葉を制した。

このような狭い屋敷で耐えられましょうかと言おうとしたのだ。

「この話に乗り気になってくれたお方です。心配いりません」

もう一度、母は同じことを言った。

「それより、そなたのことです」

「母上、申し訳ございません。もう出かけなければなりません。また、別の機会に」

栄次郎は腰を上げた。

「また、逃げるのですか」

母の声を背中にきいて、栄次郎は逃げるように部屋を出た。

三

栄次郎は小網町三丁目の海産物問屋『美浜屋』を訪れ、主人の蔵右衛門と客間で会った。蔵右衛門は眉毛の濃い四十半ばと思える男だった。

「崎田さまからお伺いしておりました」

蔵右衛門は口を開き、

「矢内さまは奉行所のお方ではないのですね」

と、確かめた。

「違います。崎田さまと親しくさせていただいている者です」

「奉行所が手に余る事件をいつも解決に導いていらっしゃるとお聞きしました」

「いえ、私は奉行所とは別に勝手に動いているだけですので」

「私どもには矢内さまのようなお方がうってつけでございます」

「なんとかお役に立ちたいと思っています」

「ぜひ、お願いいたします」

蔵右衛門は安心したように頭を下げた。

「その後、何か変わったことはありませんか」

「いっこうにありません」

「そうですか。誠に奇妙な話です。詳しい話を、蔵太郎さんからお伺いしたいのですが」

「ここに来るように言いつけました。まもなく、参るはずです」

廊下に足音がして、若い男が顔を出した。父親に似て、眉が濃いが、色白のせいか、父親ほどの精悍さはない。今回の件でかなり憔悴《しょうすい》しているようだった。

「倅の蔵太郎です。矢内栄次郎さまだ」

「蔵太郎です。このたびはお世話になります」

部屋に入ってきて、蔵太郎は深々と頭を下げた。

「とんだ災難でしたね」

栄次郎は声をかけた。

「まさか、あんなことが……」

蔵太郎は怯えたように言う。

「その後、何も変わったことはないようですね」

「はい。ありません」

「詳しい話をお聞かせいただけますか」

「矢内さま」

蔵右衛門が声をかけた。

「私は店のほうにおります。何かあれば、お呼びください」

「わかりました」

蔵右衛門が出て行くのを待って、蔵太郎は口を開いた。

「伊勢町河岸に『おろち』という呑み屋がございます。小上がりと縁台がふたつで、暖簾《のれん》を詰めれば二十人近く入ります。たまたまその店の前を通りかかったら、中から暖簾を持った若い女が出て来て顔を合わせたのです。色っぽい目を向けて、少し呑んでいきませんかと誘うのです。それで、ついふらふらっと。小上がりに座ると、まだ客がいないからって、私の横に座って酌をしてくれて……」

蔵太郎は恥じらうようにうつむき、

「その女がおなかです。三度目に行った今月の十一日、お店が終わったあと、どこかで呑み直しましょうと誘われたんです。お店をいっしょに出て、遅くまでやっている居酒屋に行って呑み直しました。そこでかなり呑んで酔っ払い、頭がずきんずきんして。外に出たら、近くに私の家があるから休んで行ってと、また誘われて」

　栄次郎は口を挟むことなく聞いていた。

「浜町堀の近くにある家に行きました。でも、私は酔いがまわり、畳に倒れ込んで、そのまま前後不覚になってしまったんです」

　蔵太郎は手のひらで口を拭うようにして、

「目が覚めたのが、次の日の夕方でした。薄暗い部屋の中で、ここはどこだろうと考えながら体を起こしたとき、隣りに男が寝ているのに気づいてびっくりしました。でも、体が動かないので、声をかけて体を揺すってみたんです。そしたら、手に血のようなものがべっとりついていて」

「どんな男か覚えていますか」

「顔はあまり見ていませんが、形《なり》は貧相でした。私の手に血がついていた上に、男が死んでいるので怖くなって。流しで手を洗い、あわてて逃げ出したので」

「死んでいるのはわかったのですね」

「はい。体は冷たくなっていました」

「その家は、おなかさんの家だったのですか」

「おなかさんはそう言ってました」

「家に他にひとは？」

「誰もいなかったようです」

「その後、その家には？」

「おとっつあんが行ってみたら、そこは空き家だったそうです」

「『おろち』という呑み屋には？」

「戸口から中を見ただけです。おなかさんの姿はありませんでした。あの男を殺したのはおなかさんかもしれないと思ったのですが」

「おなかさんに言い寄っていた男かもしれないと？」

「はい。家に帰ったら見知らぬ男がいるので、男はかっとなっておなかさんをなじり、言い合いになって殺したのかとも」

「でも、そこは空き家だったのですよね」

「そうです」

「空き家に男が帰ってくるとは考えられませんね。それに、そんな騒ぎを、あなたは気づかなかった？」

「酔いつぶれていましたから」

蔵太郎は俯《うつむ》いた。

「おなかさんに身内は？」

「聞いていません」

「わかりました。さっそく調べてみます」

栄次郎は刀を持って立ち上がった。


小網町から伊勢町河岸にやって来た。

『おろち』は夕方の店開けで、この時間は戸は閉まっていた。が、念のために手をかけると、戸が開いた。

栄次郎は声をかけて店に入る。

「すみません。昼はやっていないんです」

奥からたすき掛けの三十過ぎの男が出て来た。仕込みの最中か。

「少し、お伺いしたいのです」

「へえ。なんでしょう」

「こちらに、おなかという女子が働いていましたね」

「へえ。今はおりません」

「兄っていう男がやって来て、急に旅に出ることになったのでやめさせてもらうと言ってきました」

「やめたのですか」

「急に旅に……」

「本人がなぜ来ないんだときいたら、今朝早く旅に出たと言うだけでした。器量がよく、おなか目当ての客もかなりいたので、いなくなるのはかなりの痛手です」

「やって来たのはどんな男ですか」

「二十四、五の遊び人ふうの男です。ほんとうに兄かどうかわかりません」

「おなかさんはどこに住んでいたかわかりませんか」

「浜町堀から通っていると言ってました」

「そうですか。おなかさんはどのくらいこちらで働いていたのですか」

「半年あまりです」

「おなかさんはお客の男と外で会ったりしていたんでしょうか」

「わかりません」

亭主は渋い顔で言う。

「しているかもしれないと？」

「へえ。金のありそうな客にはかなりべたべたしていました」

「もしかして、客とつきあい、小遣いをもらっていたとか？」

「…………」

「どうなんですか」

「そうかもしれません。うちの店には似合わない商家の主人ふうの客が三人いました。あの女が誘ってくるんです」

「その三人が誰かわかりますか」

「ひとりだけ、見覚えがありました。大伝馬町《おおでんまちょう》の『生駒屋《いこまや》』の旦那です」

「下駄問屋の？」

「そうです。何度かやって来て、おなかと楽しそうに話していました」

「それはいつ頃のことですか」

「先月のはじめまでは来ていました」

「もう来ていないのですか」

「ええ、亡くなりましたから」

「亡くなった？」

栄次郎は驚いてきき返す。

「先月はじめに『生駒屋』に押込みがあって、旦那が殺されたんです」

「殺された……」

「そうそう、最近は若旦那ふうの男が何度かやって来ていました。おなかがいなくなってから、その男も来ません」

蔵太郎のことだ。

「おなかに何かあったんですかえ」

亭主が逆にきいた。

「いえ、じつは探して欲しいと頼まれたんです」

「誰からですか」

「それはまだ言えません」

「そうですか。わかったら、教えていただけますか」

亭主は哀願するように言う。

「わかりました」

栄次郎は礼を言って引き上げた。

なんらかの形でおなかが殺しに関わっていたと思っていたが、遊び人ふうの男が『おろち』に現れたことが気になる。

おなかもまた何かに巻き込まれたとも考えられる。

栄次郎は浜町堀に行ってみたが、おなかが住んでいた長屋は見つからなかった。おなかは嘘をついていたのだ。

おなかが蔵太郎を連れ込んだ空き家は浜町堀にあった。

軒下に、貸し家の木札が下がっていた。

隣家の荒物屋の亭主にきくと、去年、その家に住んでいた老夫婦が首を吊って死んだあと、ふたりの借り主が現れて商売をしたが、いずれもうまくいかず、店を畳んで出て行った。縁起が悪いという噂が広まり、いまだに借り手が現れないということだった。

「ときたま、男と女が勝手に入り込んでましたよ」

「今月の十一日の夜はどうだったか、覚えていますか」

「十一日ではなく、次の十二日の夜、三人の男が荷物を運び出していました」

「十二日の夜ですか」

「ええ。お盆の入りで、迎え火を焚《た》いた日です」

蔵太郎が目覚め、死体を見つけた日だ。その日の夜に、数人の男が運び出した荷物は男の亡骸《なきがら》に違いない。

この空き家で、殺しがあったことは間違いないようだ。

おなかは金を持ってそうな男に近付き、この空き家に誘って情を通じ、いくらかの金をもらっていたのではないか。

いわゆる売笑婦だ。おなかに情夫がいた。蔵太郎を空き家に連れ込んだときも、近くに情夫はいた。

だが、そこで予想外のことが起きた。別の男が乗り込んできた。以前におなかが遊んだ相手かもしれない。

その男が嫉妬《しっと》に駆られて空き家に押し込んだとき、情夫が飛び出して、男と格闘になって、ついには殺してしまった。

おなかと情夫が、酔いつぶれている蔵太郎の脇に死体を置いたのは罪をなすりつけるつもりだったのか。

しかし、情夫は仲間に手伝わせ、死体を空き家から運び出した。蔵太郎に罪をなすりつけるのではなく、殺しの痕跡を消すほうを選んだのだ。

そのように考えたが、細かいことで腑に落ちないことがある、殺されていた男の顔はよく見ていないが貧相な形《なり》だったと蔵太郎は言った。しかし、おなかは金を持っていそうな商家の主人を誘っていたという。

ならば、殺された男は何者か。それより、死体はどこに棄《す》てられたのか。

栄次郎は大戸の閉まっている表から路地を抜けて裏にまわった。

勝手口の戸に手をかけると、少し重たいが戸は開いた。栄次郎は中に入る。天窓からの明かりが射しているが、部屋の中は陽が射さずに暗い。

栄次郎は廊下に出て雨戸を開けた、外の明かりがいっきに部屋に入り込んだ。死体があった部屋がここかどうかわからないが、栄次郎は這いつくばって畳に目を近付けた。

黒い染みが点々としていた。血のようだ。さらに、壁のほうに目をやると、そこにも黒い染みがあった。

比較的新しい血の痕だ。やはり、ここで殺しがあったのだ。手がかりになるようなものがないか、栄次郎は辺りを見回す。

部屋の中には何もない。おそらく、下手人《げしにん》は調べたのに違いない。念のために、濡れ縁に出て庭を眺めた。

庭木は枯れ、雑草が生い茂っている。異臭はしない。死体を庭か床下に隠したということはないようだ。

やはり、運び出したのだ。この空き家に死体を隠すのは発見されやすい。

陽が中天に差し掛かろうとしている。そろそろ、お秋の家に帰らないといけなかった。昼過ぎに、『山城屋』の幸兵衛がやって来るのだ。

雨戸を閉めて空き家を出て、栄次郎は浅草黒船町に急いだ。

お秋の家に着いて、『汐汲』を一度弾き終えたあと、お秋が梯子段《はしごだん》を上がってきた。

「山城屋さんがいらっしゃいました」

襖を開けたお秋の後ろに、幸兵衛がいた。

「どうぞ」

栄次郎は声をかける。

「失礼します」

幸兵衛が部屋に入ってきた。

「なるほど、吉栄さんはここでお稽古を」

幸兵衛は窓のほうを見て言う。大川からの爽やかな風が入ってきた。

お秋が茶を運んできた。

「どうぞ」

「すみません」

幸兵衛は頭を下げた。

お秋が去ってから、

「今のお方が与力の崎田さまの妹さんですか」

と、幸兵衛は湯飲みを摑んで言う。

「ええ」

内心で苦笑しながら、栄次郎は答える。ほんとうは妾だと知ったら、幸兵衛はどんな顔をするだろうか。

「吉栄さんが師匠に弟子入りをしたきっかけは何なんですか」

茶を飲みながら、幸兵衛がきいた。

「私が昔、悪所通いで遊んでいるとき、ある店で、きりりとした渋い男を見かけたのです。決していい男ではないのに体全体から男の色気が滲み出ていました。どうしたら、あんな色気のある男になれるのだろうと気になりましてね。女中にきいたら、その男は長唄の師匠の杵屋吉右衛門だと教えてくれたんです」

「それで、弟子入りを?」

「ええ。師匠のような小粋な男になりたいという不純な思いからでした」

栄次郎は苦笑した。

「なるほど。どうりで、吉栄さんは若いのに色気があるわけですね」

「とんでもない」

「私もぜひあやかりたい」

幸兵衛は真顔で言ったので、栄次郎はおやっと思った。

「では、さっそく合わせましょうか」

栄次郎は三味線を抱え、撥を持った。

下腹に力を入れ、撥を振り下ろし、栄次郎は前弾きをはじめた。そして、幸兵衛の唄が入る。


松一本変わらぬ色のしるしとて、映し絵島の浦風に

幸兵衛は甲《かん》高い声で唄いだした。

そして、最後になった。


暇申して帰る波の音……松風の松風の、噂は世々に残るらん

栄次郎は弾き終えた。

「幸栄さん、お見事です。声に情感が籠《こ》もり、なかなか訴えるものがあると思いました」

「吉栄さんにそう言っていただけると、お世辞でも勇気が湧いてきます」

「決して、お世辞ではありません。演《だ》し物を『汐汲』にしてよかったかもしれません」

栄次郎は素直な感想を述べた。

「そうですね。急に気持ちが変わりましてね」

「何か心境の変化でも」

「いえ、特別なことではありません」

幸兵衛は首を横に振った。

「そういえば、きのうお会いした幼馴染みのお方は会には？」

「来るそうです」

幸兵衛は微笑んだ。

「お連れの女の方も？」

「ええ」

答えまで、一拍の間《ま》があった。

まさか、あの女の登場が演し物を恋物語に替えた理由とは思わなかったが、栄次郎の脳裏を愛らしく色っぽい女の顔が掠《かす》めた。

「もう一度、合わせましょうか」

幸兵衛が張り切って言う。

「わかりました」

栄次郎は再び三味線を抱えた。

幸兵衛はまるで特定の誰かに聞かせるように思いを込めて、三味線に合わせて声を発していた。

四

翌日、幸兵衛が店に出ると、たくさんいる客の中でまるで牡丹《ぼたん》のような華やかさに包まれた女子に目が行った。

幸兵衛は信じられない思いで近付き、

「おたかさんではありませんか」

と、声をかけた。

「先日はありがとうございました」

おたかは丁寧に頭を下げる。

「きょうは安太郎といっしょでは？」

「いえ、私ひとりです」

幸兵衛は心がざわめいた。

「上がりませんか」

「いえ、これから行かなければならないところがあるのです」

「そうですか」

一瞬喜んだぶん、幸兵衛の落胆の度合は大きかった。が、幼馴染みが思いを寄せている女に何を期待しているのだと自分をたしなめた。

「で、きょうはどのようなご用で？」

「先日のもうひとつの反物」

「群青色のほうでしたね」

「はい。それも頂こうと思いまして」

「そうですか。今、お持ちしましょう」

「いえ」

おたかは一歩前に出て、

「ご主人があとで届けてくださると助かるのですが」

と、ささやくように言う。

「それは構いませんが」

再び、幸兵衛の心がざわめいた。

「どちらに？」

「私の家は妻恋町《つまこいちょう》にあります。でも、家だと、誰に見られるかわからないので、もしよろしかったら、妻恋坂の途中に、小体《こてい》な料理屋さんがあるのです。そこの女将《おかみ》さんとは懇意にしていただいています。よろしかったら、そこに来ていただけるとうれしいのですが」

「もちろん、お伺いします。なんというお店ですか」

「うれしい。『明月《めいげつ》』です」

「『明月』ですね」

「で、いつ？」

「いつでも構いません」

「では、今夜でも？」

「ええ」

「じゃあ、暮六つ（午後六時）ではいかがですか」

「結構です」

幸兵衛は胸を弾ませてから、

「安太郎は？」

と、きいた。

「安太郎さんには」

おたかは言いさした。

「どうしました」

「お願いです。黙っていてください」

「…………」

すぐ返事が出来なかった。

「いけませんか」

おたかは不安そうにきいた。

「いや、約束しよう。でも、あとで知ったら気分を害すんじゃないか」

「ご主人がだまっていてくだされば、気づかれる心配はありません」

安太郎とはどういう間柄なのかきこうとしたが、奉公人の目や耳もあるので、それ以上はきけなかった。

「では、今夜、お待ちしています」

おたかは挨拶をして店を出て行った。

幸兵衛は頰をつねりたかった。おたかのほうから誘ってきたのだ、いや、単に頼まれた反物を届けるだけだ。

家内や安太郎の顔を振り払い、幸兵衛は新しい客の応対をした。


夕方になって、幸兵衛は群青色の反物を手に池之端仲町にある『山城屋』を出た。

女坂を上がり、湯島天神《ゆしまてんじん》の境内を突っ切り、幸兵衛は門前町を過ぎ、やがて突き当たりを左に曲がって妻恋坂に出た。

『明月』という料理屋はすぐわかった。神田明神《かんだみようじん》の裏手だ。

まだ、空は暮れきっていない。暮六つには少し間があるが、幸兵衛は『明月』の小さな門を入った。

おたかの名を告げると、女将らしい女が幸兵衛を庭の見える部屋に案内してくれた。

部屋には香が焚かれていた。幸兵衛の思い込みに過ぎないかもしれないが、何か心を刺激するような香りだ。

まだ、おたかは来ていない。女将に勧められるままに、幸兵衛は床の間を背に腰を下ろした。

待つほどのこともなく、女将がやって来て、

「お連れさまがいらっしゃいました」

と、襖を開けて言った。

幸兵衛は居住まいを正して待った。

おたかが入ってきた。

「お待たせいたしました」

紅葉《もみじ》をあしらった薄紅色の単衣《ひとえ》に白いうなじが映《は》えていじらしいほどに可愛く思えた。

「いや、私も今しがた着いたばかりです」

喉がかすれ気味になった。

「すぐおわかりになりまして」

「ええ。いいところをご存じですね」

「ええ、まあ」

おたかは曖昧《あいまい》に笑って、

「女将さん、お酒をお願いします」

と、女将に声をかけた。

「はい。ただいま」

女将が部屋を出て行き、しばらくして女中が酒を運んできた。

「さあ、旦那」

店では、ご主人と呼んでいたが、少し砕《くだ》けて旦那と呼んだ。それが、また新鮮に感じた。

おたかの酌を受けて、呑み干し、

「さあ、おたかさんも」

と、杯を渡す。

「すみません。いただきます」

幸兵衛は酌をする。

おたかの呑みっぷりも見事だった。

幸兵衛も酒が入るにつれ、少し大胆になってきた。

「おたかさん。安太郎は取引先の問屋の娘さんだと言っていたが、その艶《つや》っぽさは素人《しろうと》とは違う。どうなんだえ」

「ええ、旦那。そのとおりですよ。でも、安太郎さんの言うこともあながち嘘じゃありません。私は愛宕下《あたごした》にある酒問屋の娘でしたけど、おとっつあんが博打で大負けしてお店をとられてしまったんです。十七歳のときよ。それから、芝の料理屋で女中をしていたんです」

「そうだったのか」

　幸兵衛は痛ましげに、

「父と同業だった安太郎さんとは顔馴染みでした。安太郎さんは、独り立ちして本郷に店をもって商売が順調にいくようになって、私のことを思い出して会いに来てくれたんです。それから、私に妻恋町に家を借りてくださり、今は女子に読み書きを教える指南所で働いています」

「安太郎があなたの世話を？」

　幸兵衛はおそるおそるきいた。

「妾じゃありませんよ。安太郎さんは私を妹のように思ってくれているんです。それだけなんです」

「じゃあ、安太郎にあなたを自分のものにしようなどという気持ちはないんですか」

「ありません。安太郎さんはそういうお方なのです。ただ、安太郎さんはそういう説明をするまでもないと思い、あのような言い方をしたのだと思います」

「安太郎らしい」

幸兵衛は思わず顔をほころばせた。もちろん、安太郎の人柄に感心したことは間違いないが、それ以上に、おたかと安太郎に何の関係もないことでほっとした。まだ、安太郎に内緒でおたかに会っているという負い目は消えないが、男女の間柄ではないことに喜びを隠せなかった。

「さあ、そんな、話はやめましょう」

それから、料理が出て、酒も進んだ。

おたかの目の縁がほんのり染まり、ますます妖艶な目つきになった。幸兵衛は心が騒いだ。

「ねえ、旦那」

足を崩したおたかが幸兵衛に寄りそうように近付き、

「また、ときたまこうしておつきあいしてくださいますか」

と、じっと見つめて言う。

「もちろんだ」

思わず、おたかの手をとって言う。

「いけないわ」

引き寄せようとしたが、おたかは笑いながら、

「ここはそういう場所じゃないんです」

と、優しく言う。

「そうだな。すまなかった。だが、今度は……」

幸兵衛は声を止めた。さすがに、出合茶屋にというのは気が引けた。まだ、会って日が浅い。

「旦那、なんですね」

「いや。そうだ、これからは、旦那と呼ばず、幸兵衛と名前で呼んでくれないか」

「いいんですか」

おたかがいたずらっぽく言う。

「そのほうが、うれしい」

「じゃあ、幸兵衛さん」

そう言い、おたかは恥じらうように顔を手で覆った。その仕草がまた愛らしかった。

「おたかさん」

「あら、私のほうも呼び捨てにしてくださいな」

「おたか」

幸兵衛は夢心地だった。こういうこともあるのだと、幸兵衛はしみじみ今の仕合わせを実感した。

およう に申し訳ないという気持ちを、幸兵衛は胸の奥に封じ込めた。

五つ半（午後九時）をまわって、幸兵衛は帰宅した。

寝間着に着替えていると、おようが近寄ってきた。

「呑んでいらっしゃるのね」

「ああ、安太郎に誘われてね」

「…………」

夕方、幸兵衛は番頭にそう告げて、反物を手に外出したのだ。

「そうですか」

おようは疑うこともなく言い、

「おたかさんもごいっしょでしたの？」

「そうだ、安太郎のそばに寄り添っていた」

着替えてから、

「喉が渇いた。水を飲んでくる」

と、幸兵衛は台所に逃げようとしたが、

「女中に持ってこさせましょう」

と、言う。

「いや、わざわざ用事を言いつけるのも気の毒だ。私が行ってくる」

「では、私が汲んできます」

おようが部屋を出て行った。

幸兵衛はため息をついた。負い目のせいか、おようといっしょだと圧迫されるような息苦しさがあった。

おようが椀に水を入れてもってきた。

「すまない」

幸兵衛は椀を受け取った。

「安太郎さんは独り身のようですね」

また、おようは話を戻した。

「三年前に死に別れたそうだ」

「そうですか。じゃあ、おたかさんといっしょになるのかしら」

「どうだろうか。おたかさんは、お世話になった酒問屋の娘さんだそうだからな」

幸兵衛は曖昧に言う。

幸兵衛は椀の水を飲み干した。

「おたかさんって、とても色っぽいですね。そうは思いません？　とうてい堅気《かたぎ》の娘さんとは思えません」

「そうかな」

幸兵衛はどぎまぎした。

「まあ、安太郎が気に入っているんだからとやかく言うことではない」

幸兵衛は話題を打ち切ろうとした。

「安太郎さんとおたかさん、いつうちに来るのかしら。何か言ってませんでした？」

「いや」

幸兵衛は、いやにおようは安太郎とおたかのことにこだわるなと、いらだって立ち上がった。

「どちらへ？」

「厠《かわや》だ」

幸兵衛は廊下に出て、大きく深呼吸をした。


翌日、幸兵衛は昼前に仕事を抜け出し、鳥越神社の近くにある杵屋吉右衛門の家にやって来た。

部屋に上がると、大工の棟梁《とうりょう》が煙草を吸って待っていた。

「失礼します」

「これは、幸兵衛さん」

師匠の部屋から三味線の音とだみ声が聞こえる。近所の隠居が稽古をつけてもらっているのだ。

弟子には武士から商家の旦那、職人、町火消しの頭《かしら》の娘など、いろいろなひとがいる。武士でいえば、吉栄こと矢内栄次郎の他に旗本の次男坊の坂本東次郎《さかもととうじろう》がいる。吉次郎《きちじろう》という名を師匠からもらっている。

隠居が稽古を終え、入れ替わって棟梁が師匠の部屋に行った。

「ご隠居、渋い声ですね」

幸兵衛は感心して言う。

「悪声だと言いたいんだろう」

隠居が苦笑する。

「いえ。渋くて、味があります」

「そうかえ」

隠居は素直に喜び、うれしそうに言う。

雑談をしていると、新たに弟子がやって来た。

そのうちに、棟梁の稽古が終わり、幸兵衛は師匠の部屋の見台《けんだい》の前に座った。

「よろしくお願いいたします」

幸兵衛は頭を下げる。

吉右衛門は歳をとっても粋だ。栄次郎があこがれるだけの男の色気がある。

もともと吉右衛門は横山町《よこやまちょう》の薬種問屋の長男で、大師匠から才能を買われ、二十四歳のときには代稽古を務《つと》めていたという。

「吉栄さんからお聞きしましたが、演し物を『汐汲』に替えたそうですね」

どうやら、吉栄はきのうが稽古日だったようだ。

「そうなんです。よろしいでしょうか」

幸兵衛は確かめる。

「構いません。吉栄さんの話では上々の出来映えということでした」

「恐れ入ります」

「では、はじめましょう」

師匠は三味線を抱え、撥を持った。

松一本変わらぬ色のしるしとて、映し絵島の浦風に
幸兵衛は唄い出したが、汐汲桶を持った松風の姿が現れ、その顔がおたかになっていた。在原行平と松風・村雨の姉妹との恋物語はいつしか幸兵衛とおたかのそれに変わっていた。

五

その日の昼過ぎ。栄次郎は小網町三丁目の海産物問屋『美浜屋』を訪れ、蔵太郎と客間で差し向かいになった。

「その後、何か思い出したことはありませんか」

栄次郎は切り出す。

「いえ」

蔵太郎は気弱そうに答える。

「『おろち』におなかがやめると伝えにきたのは遊び人ふうの男でした。心当たりはありませんか」

「いえ、ありません、その男、ひょっとしておなかの情夫でしょうか」

蔵太郎は啞然として言う。

「そうだと思います。あなたが、おなかと空き家に入ったのを、情夫は見ていたのです。あとから空き家に入り込んだのでしょう。ところが、もうひとり、男が入り込んだ。いや、逆かもしれません。ふたりが空き家に入るのをつけていた男がいた。それを情夫が見ていたのでしょう」

「情夫が男を殺したのですね」

蔵太郎は震えを帯びた声できいた。

「おそらく」

「そんな恐ろしいことがそばで起きていたのに、酔いつぶれて何も気づかなかった……」

蔵太郎はそんな騒ぎをまったく覚えていない自分を恥じるように言ったあと、

「殺された男は誰なんでしょうか」

「わかりません。仲間割れとも考えられますが、死体が出て来ないので何もわかりません。ただ、姿を消した人間がいれば、いずれ周りの人間が気づいて騒ぎ出すと思います。それまで待つしかありません」

「……………」

「蔵太郎さん、おなかと会ってどんな話をしたか、覚えていませんか」

栄次郎は悄然としている蔵太郎にきく。

「話ですか」

蔵太郎は首を傾げながら、

「とりとめのないことばかりだったと思いますが……」

「お店のことについて、おなかからきかれたことは？」

「お店のこと？」

「『美浜屋』のことです。どんなことでも、話してください。たとえば、土蔵の鍵はどこに置いてあるのかきかれたとか」

「そんなことはきかれませんでしたが……」

蔵太郎は否定したが、

「ただ、家の中は広いんでしょうねとか、戸締まりはたいへんなんじゃないかとか……。ときおり、そんなことをきいていました」

「なるほど」

それだけでは、まだ何とも言えなかった。

「矢内さま」

蔵太郎は不安そうな顔で、

「何かの狙いがあって、おなかは私に近付いたのでしょうか。私はおなかに騙《だま》されていたのでしょうか」

と、縋《すが》るようにきいた。

「情夫らしき男がいたのですから、なんらかの魂胆《こんたん》があって蔵太郎さんに近付いたのだと思います。おそらく、狙いは『美浜屋』だったと思います」

蔵太郎は目を剝いて、口を半開きにした。

「でも、あの空き家での殺しで、おなかと情夫の企みが続けられなくなったのではないかと思っています。もし、あの殺しがなければ、おなかと情夫は蔵太郎さんに何かを要求してくるようになったかもしれません」

「…………」

「その後、きょうまでおなかと情夫が何も言ってこないのは、もはや『美浜屋』への企みが失敗したことを意味していると思われます。でも、まだ油断はなりませぬ。何か変わったことがあれば、すぐに教えてください」

「はい」

「それから、夜の戸締まりはふだん以上に厳重にするようにと、蔵右衛門さんにもお話をしておいてください」

「まさか、押込み……」

「あくまでも用心のためです」

「わかりました」

蔵太郎は緊張した声で答えた。


その夜、栄次郎はお秋の家で、崎田孫兵衛と会った。

「どうだ、なにかわかったか」

「いえ、まだ」

栄次郎は首を横に振った。

「『おろち』という呑み屋のおなかという女は事件の翌日に『おろち』をやめていました。遊び人ふうの男が亭主にやめることを伝えにきたそうです」

「遊び人ふうの男？」

「情夫かもしれません。おなかは金を持ってそうな男に近付き、浜町堀の空き家に誘って情を通じ、いくらかの金をせびっていたのではないかと考えたのですが……」

栄次郎は一拍の間を置き、

「問題は殺された男が何者かです。空き家に入ったおなかと蔵太郎を追って、男が空き家に忍んだ。その男を情夫が殺したという想像は間違っていないと思われます。そして、情夫は仲間に手伝わせ、死体を空き家から運び出した。蔵太郎に罪をなすりつけるのではなく、殺しの痕跡を消すほうを選んだのです」

「ひとが殺されたことは間違いないのか」

「蔵太郎が嘘をつく必要はなく、また蔵太郎が勘違いしているわけでもないようです。男が冷たかったといい、胸に血が滲んでいたのですから、まず錯覚ではないようです」

「未だに、死体が見つかったという知らせはない」

孫兵衛は渋い顔で言う。

「どこかに埋めたのです」

「うむ」

　孫兵衛は唸った。

「おなかの行方もわかりません」

「まったく不思議だ」

「ただ、気になることがあります」

「なんだ?」

「先月のはじめ、大伝馬町の『生駒屋』に押込みがあって、主人が殺されたそうです。ご存知ですか」

「聞いている」

「この押込みはまだ捕まっていないのですか」

「まだだ。この半年ばかりで三件の押込みがあった。おそらく、同じ盗賊だ」

「何か特徴が?」

「押込みは四、五人だ。いつも千両近く盗んでいる」

「殺しは?」

「『生駒屋』だけだ」

「そうですか。押込みに入られた商家の名前はわかりますか」

「必要か」

「じつは、おなかは『生駒屋』の主人ともつきあっていたようなんです」

「まさか、おなかが関係した男の店が押込みに入られていたと？」

「わかりませんが……。ただ、押込みに入られた商家の主人がおなかと親しくしていたかどうか確かめておいたほうがいいかと」

「次の狙いが『美浜屋』だったと？」

「そう考えられます。ところが、何か思わぬことが起きたのです。仲間割れか、それとも敵対する勢力がいたのか」

そう言ったとき、栄次郎はおなかの行方に不安を持った。仲間割れだとしたら、おなかは……。

「その三件の押込みの商家の聞き込みは、栄次郎どのにお願いしたい。まだ、奉行所が出て行くのは……」

孫兵衛の声に、栄次郎は我に返った。

「わかりました。そういたします。では、押込みのあった商家がわかったら教えてください」

「わかった。明日、調べてすぐ知らせる」

「お願いします」

栄次郎は腰を浮かせた。

「もう引き上げるのか。たまにはいいではないか」

孫兵衛が引き止めた。

「ちょっと、調べたいことがありますので。事件が片付いたら、ぜひ」

「そうか。うむ、その意気だ」

孫兵衛は満足そうに頷いた。

「栄次郎さん、お帰り？」

お秋が残念そうに言う。

「また、明日、来ますよ」

「そう、じゃあ、また、明日」

お秋に見送られて、栄次郎は外に出た。

だんだん、秋の色が濃くなって、夜風も涼しく、栄次郎は蔵前《くらまえ》の通りを浅草御門方面に急いだ。

浅草御門を抜けて、浜町堀に差し掛かった。そのまままっすぐ伊勢町河岸にある『おろち』に向かうつもりだったが、ふと引き寄せられるように例の空き家に足が向いていた。

明かりがないので中に入ることは出来ないが、栄次郎は近くまで行かないと気が済まない心持ちになっていた。

栄次郎は再び、空き家の前に立った。

蔵太郎がおなかに連れられて空き家に入ったのは夜だ。昼間、中に入ったとき、がらんとしていて物は何もなかった。もちろん、行燈などない。

真っ暗な家の中でどう過ごしたのか。

それより、大戸は閉まっていたはずだ。潜《くぐ》り戸も閂《かんぬき》がかってあっただろう。表からは入れない。路地を通り、裏にまわったのか。

酔っていた蔵太郎が狭い路地を行くのは危ないような気がする。

栄次郎はもう一度路地に入った。そのとき、脇にある連子窓《れんじまど》の隙間から微かに明かりが漏れたのがわかった。

中に誰かがいる。栄次郎は連子窓から中を覗いた。明かりが行ったり来たりしているのがわかった。

何者かが入り込んでいるのだ。事件とは無関係な人間が勝手に入り込んだのか、それとも何らかの関わりがある人間か。

明かりが消えた。栄次郎は路地から通りに出た。そして、向かいの家の脇に立った。

やがて、男が路地から出て来た。顔は暗くてわからないが、中肉中背の遊び人ふうの男だ。

通りに出て、左右を見てから、浜町堀と反対のほうに向かった。栄次郎はあとをつけた。男は背後にまったく注意を向けることなく、真っ直ぐ歩いて行く。あとをつけながら、栄次郎はおやっと思った。

男は伊勢町河岸に向かっている。そんな気がしながらあとをつけて行くと、やはり男は伊勢町河岸にやって来た。

『おろち』の提灯《ちょうちん》が輝いていた。男はその明かりに吸い寄せられたように『おろち』の暖簾をくぐった。

栄次郎は戸口に立ち、今の男を目で追った。

男は床几《しょうぎ》に腰を下ろした。厳《いか》つい顔の男だ。三十過ぎだろう。

栄次郎は戸口から離れた。新たな客が暖簾をくぐった。顎《あご》の長い男だ。

栄次郎は堀沿いにある柳の木の陰に立ち、男が出て来るのを待った。おなかの仲間か。それとも殺されたほうの仲間か。

客が出て来た。さっき店に入って行った顎の長い男だ。男は路地を曲がって行った。いやに早く引き上げたが……。

そう思ったとき、栄次郎はあわてて『おろち』に向かった。戸口に立ち、中を見る。どこにも、男の姿が見えなかった。

栄次郎は店に入った。

出て来た小女《こおんな》に、

「さっき、この床几に座った厳つい顔の男がいましたね。どこへ行きました？」

と、栄次郎はきいた。

「そのひとなら急用を思い出したと言って裏口から出て行きました」

「しまった」

栄次郎は自分の失策に気づいた。顎の長い男だ。仲間だ。あの男は『おろち』の外で、つけている者がいないか、見張っていたのだ。

「顎の長い男が入ってきましたね」

「はい。そのひとが厳つい顔の男のひとに何か言ってました」

「やはり、そうでしたか」

もう追っても無駄だと思った。

「厳つい顔の男はここに何度か来ていますか」

栄次郎は確かめる。

「二、三日前に一度来ました」

「名前はわかりますか」

「わかりません」

小女は首を横に振る。

「二、三日前、ここに来たとき、何かきいていましたか」

「おなかさんのことをきかれました」

「どんなことを？」

「どこに住んでいるのかとか、情夫はいるのかとか」

「おい、酒だ」

小上がりの客から声がかかり、小女は会釈をして声のほうに向かった。

客が立て込んできて忙しそうだった。おなかがやめると伝えに来た男のことを、亭主からもう一度ききたかったのだが、亭主も板場から出て来そうもなかった。

栄次郎は出直そうと、店を出た。

さっき孫兵衛と話していて、空き家の殺しは仲間割れだったかもしれないと言ったとき、突如おなかの消息が気になったのだ。

蔵太郎は男の死体だけを見たが、あの場にもうひとつ、おなかの死体があったのではないかという疑念が生じたのだ。

これまで、おなかがやめると伝えに来た男を情夫だと勝手に思い込んでいたが、空き家で殺されたのは情夫で、『おろち』に現れた男は殺した側の人間だったのではないか。そう思い、もう一度亭主から話をきこうとしたのだ。

しかし、さっきの厳つい顔の男は何のために情夫のことをきいていたのだろうか。

そんなことを考えながら、栄次郎は須田町《すだちょう》から八辻ヶ原《やつじがはら》をつっきり、筋違御門《すじかいごもん》を渡り、湯島聖堂《ゆしませいどう》のほうに向かった。

とうにつけられていることに気づいていた。『おろち』を出たときからだ。さっきの顎の長い男だろうか。

それにしては気配を消し、見事な尾行だ。もう尾行を諦めたかと思ったほど、何度か気配が消えていた。

だが、しっかりとあとをつけていた。

湯島聖堂に差し掛かり、長い塀の脇にある銀杏《いちょう》の樹の陰にとっさに飛び込んだ。やがて、背後から編笠《あみがさ》をかぶった侍が小走りにやって来た。

つけてきたのは、この侍だ。顎の長い男の知合いか。男はきょろきょろ辺りを見回している。

栄次郎は飛び出した。

「私に用ですか」

編笠の侍ははっとして振り返った。

「あなたは何者ですか」

栄次郎は一歩前に出た。

「空き家に侵入した男の仲間ですね」

「そなたこそ、何者だ？」

「あなたが名乗れば、私も名乗りましょう」

編笠の侍は後ずさった。

「また会おう」

そう叫ぶなり、編笠の侍はいきなり踵《きびす》を返して走り去った。

栄次郎は呆然と編笠の侍を見送った。

第二章　逢引き

一

朝陽が『山城屋』の店先に差し込んでいる。小僧たちが店の前を掃除し、店の座敷も雑巾《ぞうきん》掛けが済み、店を開く支度が整《ととの》った。

外にはすでに数人の客が店を開くのを待っていた。幸兵衛はありがたいことだと思っている。

番頭や手代らが店先に並び、客を招き入れる。何人も入ってくる。幸兵衛はひとりひとりに挨拶していく。

店は順調だ。そして、私事でも幸兵衛にとってうれしいことがあった。ゆうべも、『明月』という料理屋で、おたかと会った。

二度目の逢瀬《おうせ》で、さらにふたりの間の距離は縮まったように思える。今度こそ出合茶屋に誘うつもりだ。ゆうべの感触では手応えは十分にあった。

最後の客に挨拶を終えたあと、戸口にふくよかな顔の安太郎が現れた。一瞬、脳裏をおたかの顔を掠《かす》めたが、幸兵衛は安太郎に声をかけた。

「安太郎じゃないか。さあ、上がってくれ」

「忙しいんじゃないのか」

「店は番頭に任せておけば心配ない。さあ、上がって」

負い目があるせいか、安太郎を無下《むげ》に出来なかった。

「では、いいか」

「待て。向こうの入口から上がってくれ」

家人が出入りする戸口を教える。

「わかった」

安太郎はいったん外に出た。

幸兵衛は先に客間に行って待っていると、女中に連れられて安太郎がやって来た。

「よく来てくれた」

幸兵衛は安太郎を嬉しそうに迎えた。

差し向かいになって、安太郎が持って来た包みを開いた。

「じつは、私の知り合いの小間物屋から買ったものだが、よかったらおかみさんに使ってもらおうかと思って」

安太郎が差し出したのは鼈甲《べっこう》の蒔絵櫛《まきえぐし》だ。

「ほう、これは上物だ」

幸兵衛は手にして目を見張った。

「いいのか」

「気に入ってもらえるかどうかわからないが」

「よし、おようを呼ぼう」

幸兵衛は手を叩いた。

女中がやって来たので、おようを呼ぶように言う。

「わざわざ、買ったのか」

「知り合いの小間物屋から何か買ってもらいたいと頼まれていたんだ。だから、気にしないでいい」

安太郎は笑った。

「失礼します」

　おようが入って来た。

「これはおかみさん、お邪魔をしております」

　安太郎はにこやかな顔で頭を下げた。

「安太郎さん、おいでなさいまし」

　おようもにこやかに言う。

「これを、おまえにだそうだ」

　幸兵衛は櫛をおように差し出した。

「まあ、きれい」

　蒔絵の図柄が桜に朝顔、萩《はぎ》、牡丹と四季折々の花だ。

「安太郎さん、よろしいのですか」

「もちろんです」

「すみません。ありがたく」

　おようは押し戴いた。

「そうそう、この前はうちのひと、すっかりいい気持ちになって帰ってきました」

「この前？」

　安太郎が怪訝そうな顔をした。

幸兵衛はあわてた。まさか、おようが何日も前の話を持ち出すとは思わなかった。

「およう。お茶を出してくれないか」

幸兵衛は話題を逸《そ》らすように言ったが、聞こえなかったかのように、

「おたかさんがもう一つの反物を届けてもらいたいというので、うちのひとが届けに行ったときのことですよ」

まずいと思って、口を挟もうとしたが、幸兵衛は声が出なかった。

「ああ、あのときのことですか。そうなんです。せっかく届けてもらったのに、そのまま返すのは悪いからとおたかさんが言うので、じゃあせっかくだからふたりだけで呑もうということになりましてね。そう、確かに幸兵衛さんはいい気分になって帰りました」

「そうでしたか」

おようは微笑《ほほえ》んだ。

幸兵衛はおようの手前はほっとしたが、安太郎の顔をまともに見られなかった。

「ちょっと、失礼します」

おようが立ち上がった。

おようが部屋を出て行ってから、

「すまない」

　と、幸兵衛は頭を下げた。

「今のことか」

　安太郎は笑っていた。

「うむ、安太郎といっしょだったと言ってあるんだ」

「そんなこと、構わないよ」

「安太郎。じつはそのとき、おたかさんと呑んでいたんだ」

　思い切って、幸兵衛は打ち明けた。

「聞いていたよ」

「えっ？」

「おたかさんから聞いた。ゆうべも会ったそうじゃないか」

「…………」

　幸兵衛は唖然とした。

「心配しなくていい。俺は武三、いや幸兵衛さんの味方だ」

　安太郎は声を潜めて、

「正直言うと、俺もおたかさんを狙っていたんだが、おたかさんはおまえのほうがいいらしい。相手がおまえだったら、俺は喜んで引き下がる」

「安太郎」

幸兵衛は胸が熱くなった。

「なんだ、その顔は……」

安太郎が笑って、

「俺はな、昔から武三のためならなんでもしてやると思っていたんだ。こんなことで、役に立てるなら本望だ」

「安太郎、おまえって奴は……」

幸兵衛は声を詰まらせた。

「いいかえ、これからおたかさんに会うときは、俺の名を出していい。だけど、おかみさんを泣かすような真似だけはしないようにな」

「わかっている」

「うむ」

廊下に足音が聞こえ、ふたりとも同時に居住まいを正した。

「あら、どうかしたんですか」

おようがきく。

「なにがだね」

幸兵衛が不安そうにきき返す。

「なんだか、ふたりとも畏《かしこ》まっているようなんですもの」

「いえね、子どもの頃のことを思い出していたんです」

安太郎が口を開いた。

「あの頃、よく近くの寺の竹やぶで遊んだときのことを思い出していたら、なんだかしんみりしてきましてね」

「そうなんだ。あの頃は、おとっつあんやおっかさんも元気だった。俺の親も、安太郎の家族のことをいつも気にしていたんだ。今の安太郎の姿を見たら、俺のふた親も安心しただろう」

「うむ。俺もよくしてもらった」

「さあ、お茶でも飲んでくださいな」

およう、が湯呑を置いた。

「すみません」

安太郎が頭を下げ、

「そうそう、おかみさんはお芝居は好きなのですか」

と、思い出したようにきいた。

「ええ。でも、なかなか行く機会がなくて」

「そうですか。じつは、明後日、市村座に同業の者たちと行くことになっていましてね。私がいけなくなったので、よろしければおかみさん、私の代わりにいかがですか」

「あら、おたかさんは?」

「おたかさんは芝居には疎《うと》いんです。同業の者といっても、代わりにおかみさんが来るみたいです。朝早くから芝居はやっていますが、好きな時間に行けばいいと思います」

「行こうかしら」

おようはその気になっている。

安太郎が目顔で何か言う。あっと、幸兵衛は安太郎の企みに気づいた。

「およう、行ってきたらいい」

幸兵衛は勧《すす》めた。

「いいかしら」

おようは声を弾ませた。

「ああ、たまにはいいではないか」

「じゃあ、そうさせていただきます。安太郎さん、いいんですか」

「ええ、楽しんでいただけたら。でも、おひとりでだいじょうぶですか。芝居小屋まで
では私がご案内しますが、あとは……」

「はい」

　およりは上機嫌で部屋を出て行った。

「幸兵衛さん、よけいな真似をしたようだが、これでゆっくりおたかさんと会えるん
じゃないかと思ってね」

「うむ。途中で、安太郎の魂胆に気づいた。助かる」

「ほんとうは芝居まで俺がつきあってあげられればいいんだが、でも心配はいらない
と思う」

　安太郎は頷きながら言う。

「すまない」

　幸兵衛はおたかとゆっくり過ごせる時間を得たことを素直に喜んだ。

「帰り、おたかさんに明後日のこと、伝えておくよ。どうせなら、待ち合わせの場所
を決めたらどうだ?」

「そうだな」

駕籠を使うことも考えたが、遠出するなら舟だと思った。

「よし、柳橋《やなぎばし》に『大和屋《やまとや》』という船宿がある。そこに朝の四つ（午前十時）ではどうかと伝えてくれ」

「わかった」

そこに足音がして、番頭がやって来た。

「旦那さま。よろしいでしょうか。葛城《かつらぎ》さまの奥方がいらっしゃってます」

「今、行く」

幸兵衛は番頭に答え、

「待っていてくれ。すぐ戻る」

と、安太郎に告げる。

幸兵衛は店に出た。

四十近い婦人が女中といっしょに待っていった。

「これは奥様」

五百石の旗本葛城文三《ぶんぞう》の奥方である。

「山城屋どの。私と娘に反物を見せていただけますか。袷《あわせ》が欲しいのです」

「わかりました。きょうの昼下がりにお屋敷にお持ちいたします」

「よろしくお願いいね」

奥方は引き上げた。

「番頭さん、葛城さまのところにお持ちをする反物を揃えておいてください」

「畏まりました」

ときたま、葛城文三の屋敷に反物を見せに行くので、好みはわかっていた。

幸兵衛は客間に戻った。

廊下まで、おようの笑い声が聞こえた。おようが来ていた。

「楽しそうではないか」

幸兵衛は笑いながら声をかけ、

「すまなかった」

と、安太郎の向かいに座った。

「忙しいな」

安太郎が言う。

「おかげでな」

ふと思い出して、

「今度、安太郎の店に行ってみようか」

と、幸兵衛は言う。

「いや、『山城屋』から見たら吹けば飛ぶような店だ、恥ずかしいよ」

「そんなことあるものか。この前も話したように、安太郎は自分一人で店をはじめたんじゃないか。自信もっていい」

「そうだな」

安太郎は苦笑して、

「ところで、おふたりにお子は？」

と、真顔になってきいた。

「出来ないのだ」

幸兵衛は辛そうにため息をついた。

「そうか。それは残念だな」

「だから、親戚の子どもを養子にして、店を継がすことになる」

「独り身の俺が言うのはおかしいが、幸兵衛さんの子と俺の子が男と女で生まれて、ふたりが結ばれたらどんなに素晴らしいかと考えたことがある」

「そうだな」

幸兵衛はふとおたかとの間に子が出来たら、と考えた。

「安太郎さんはこれからじゃありませんか。若いおかみさんをもらえば、お子さんが生まれますよ」

おようが口をはさむ。

「いえ、おかみさん。私はあまり若い女子には惹《ひ》かれないんですよ」

「あら、おたかさんは？」

「おたかさんは世話になった問屋の娘さんなんです。それだけのことですよ」

安太郎は相変わらずにこやかに答え、

「おっと、また長居をしてしまいました。幸兵衛さんとはいつまでも話がしていたいという気持ちになってしまうんです」

「俺のほうはまだだいじょうぶだ」

幸兵衛は引き止めた。

「いや。俺も店のほうが気になるんでね、では、おかみさん、明後日の朝、お迎えにあがります」

安太郎はおように声をかける。

「お願いいたします」

おようが頭を下げた。

幸兵衛が戸口まで見送った。

「じゃあ、おたかさんに明後日のこと、話しておく」

安太郎は笑った。まさに、恵比寿《えびす》さまのような笑顔だった。

二

その日、栄次郎は杵屋吉右衛門師匠のところで稽古をつけてもらってから、浜町堀に向かった。

例の空き家にやって来た。

ゆうべ、この空き家に忍び込んでいた男は、そのあと『おろち』に行ったことからも、空き家での殺しに何らかの形で関わっているのに違いない。

ゆうべ、その男は中で何をしていたのか。明かりが移動していたのは、何かを探していたのだと思われる。

いったい、何を探していたのか。

ゆうべ、この場所に立って、気づいたことがあった。

おなかが蔵太郎をこの空き家に引き入れたとき、路地から入ったのだろうか。酔って足元のおぼつかない蔵太郎が狭い路地を裏口まで行ったとは思えない。

表の潜り戸から入ったのではないか。情夫がふたりのあとから空き家に入ったのではなく、最初から空き家に入って待っていたのではないか。

だから、潜り戸は開けてあったのだ。おなかと蔵太郎は潜り戸から難なく入ったのだ。そのあとを、殺された男が忍び込んだ。

栄次郎はそう考えるほうが自然だと思った。殺された男はなんのためにおなかと蔵太郎のあとをつけたのか。

きのうの厳《いか》つい顔の男は殺された男の仲間かもしれない。男の行方を捜して、この空き家に辿り着いたのだ。

だとしたら、殺された痕跡を見つけたのではないか。

もう一度、この空き家に入ってみようかと思ったが、岡っ引きがやって来たので、栄次郎は思いとどまった。

その場から離れようとしたとき、岡っ引きから呼び止められた。

「お侍さん」

「私ですか」

栄次郎は立ち止まった。三十半ばの渋い感じの男だ。胸板が厚く、がっしりしている。

「今、この家を見ていましたね」

岡っ引きは鋭い目を向けた。横に、手下の男が控えている。

「ええ、貸し家の木札が下がっていたので」

岡っ引きは軒下に目をやって、

「確かに、貸し家です」

と、含み笑いをした。

「お侍さん、以前にもここに来ませんでしたかえ」

「どうしてですか」

「近所の人間が、お侍さんにこの家のことをいろいろきかれたと言ってました。そのお侍ってのがあなたさまではないかと思いましてね」

「もし、そうなら何か罪にでも？」

「いえ、そうじゃありませんが。まあ、いいでしょう。失礼ですが、お名前を教えていただけますかえ」

「何か、ご不審が？」

栄次郎はきき返す。

「最近、この空き家に妙な人間が勝手に入り込んでいるっていう訴えがありましてね」

「そうですか」

「そうですか、ですって？」

岡っ引きは顔色を変えた。

「いいですかえ。ここが、売笑婦が春をひさぐ場所になっているんじゃないかっていう疑いがあるんですよ。お侍さん、ひょっとして客としてこの家に入ったことがあるんじゃないですかえ」

「どうして、売笑婦だと思うのですか」

「夜遅くに男女がこの家に入って行ったのを見ていた者がいるんです。それも二度もね」

「若い男女が出合茶屋代わりにしていたのかもしれませんよ」

「それにしたって、勝手に入ることは許されませんぜ」

「でも、大戸が閉まっていて、どこから入るんですか」

栄次郎はとぼけてきく。

「裏口ですよ」

「親分は中に入ったことはあるんですか」

「いや」

「入ってみませんか」

「なんですって」

岡っ引きは驚いてきき返した。

「さっき親分が言っていた、この家のことをきいていた侍というのは私に違いありません。隣りの荒物屋さんのご亭主にききました」

栄次郎は正直に答え、目を丸くしている岡っ引きに、

「じつは私も一度、夜通りかかったとき、女と男がこの家に入って行くのを見たんです。貸し家の札がかかっているのに何だろうと思ったものです」

「お侍さん、名前を教えていただけますかえ」

岡っ引きは改めてきいた。

「矢内栄次郎と申します」

「矢内さまですね。お役目は?」

「部屋住みです」

「なるほど」

　岡っ引きは冷笑を浮かべた。

「親分の名は？」

「あっしは南町の旦那から手札をもらっている又蔵《またぞう》です」

「又蔵親分ですか。ちょうど、いい機会です。入ってみませんか」

「入って、どうするんですかえ」

「売笑婦と客が過ごすにしても、家の中は真っ暗じゃありませんか。そんなところで、過ごせますか」

「縁側の雨戸を開ければ、外の明かりが入ってくるはずだ」

「親分。もし、売笑婦が商売で使っているとしたら、この家の中に行燈や布団などを用意してあったんじゃないでしょうか」

「確かに」

　又蔵は頷き、

「千吉《せんきち》、おめえ裏口から入って、潜り戸の閂を外すんだ」

　と、手下に命じた。

「へい」

千吉が路地を奥に向かった。

しばらくして、潜り戸が開いて、千吉が顔を覗かせた。

「親分」

「よし」

又蔵に続いて、栄次郎は潜り戸を抜けた。

土間から座敷に上がる。天窓から明かりが射している。

奥に向かうと、千吉が縁側の雨戸を開けた。陽光が部屋の真ん中まで射し込んだ。

「親分」

栄次郎は声をかけた。

「足跡ですね」

栄次郎はしゃがんで畳を指差した。

「やっ、確かに足跡だ」

栄次郎はゆうべの男は土足で部屋の中を歩きまわったのだと思った。

「親分、こっちも土足の跡がありますぜ」

千吉が言う。

その足跡は押入れの前に残っていた。押入れに死体が入っているはずはない。もし、あれば死臭が漂っているはずだ。

又蔵が押入れを開ける。

「行燈に布団ですね」

栄次郎は呟くように言った。

おなかと情夫は最低限のものは運び入れていたようだ。やはり、おなかはここで声をかけた男たちと情交を結んでいたのだ。

「やはり、ここで春をひさいでいたのだ」

又蔵は吐き捨てた。

「親分」

栄次郎はまた声をかけた。

「なんですね」

又蔵が振り返る。

「これ」

再び、栄次郎は畳を指差した。

又蔵が這いつくばるような格好で、栄次郎が示した黒ずんだ染みに目を近付けた。

しばらく見入っていたが、厳しい顔を上げた。

「血ですかねえ」

「そうだと思います。こっちにも」

栄次郎は少し離れた場所と壁に指を差した。

「なぜ、こんな壁に」

「ここで争いがあったのだと思います」

蔵太郎のことは隠さなければならないので、栄次郎は遠回しに言うしかなかった。

「争いってなんでしょうか」

「わかりません」

「親分、荒物屋の亭主が、七月十二日の夜、数人の男が荷物を運び出していったのを見たと言ってましたぜ」

千吉が気負い込んで言う。

「うむ」

又蔵は唸った。

「親分、運び出した荷物は死体かもしれません」

栄次郎は口にした。

「ここで殺しがあったと？」

又蔵が憤然と言う。

「ええ。何があったかわかりませんが、ここで誰かが殺された。下手人《げしゅにん》はその死体を運び出し、どこかに埋めたのです」

「いったい誰が殺されたんでしょうか」

千吉が首をかしげる。

「争いごとがあったとしたら、売笑婦の客と情夫だ。おそらく、客だろう。ここで殺しの騒ぎを起こしたのだから、売笑婦はもうこの空き家は使わねえだろう。売笑婦を探すのは難しい」

又蔵は舌打ちした。

「親分。もし、ここで殺しがあったとしたら、誰かひとり行方不明になっているはずです。きょうまで騒ぎになっていないのは、身寄りがないのか、風来坊か。それでも、周囲の人間が騒がないだけで、誰かの身の周りにいなくなった人間がいるはずです」

おなかから蔵太郎に目が向くのを防ごうと、栄次郎は殺された人間を探すことを勧めた。その素性がわかれば事件の筋が見えてくるはずなのだ。

「わかりやした。そうしやす」

又蔵は素直に応じ、

「だが、ほんとうに殺しがあったかどうかわからねえ。こんなことを旦那に話しても信用してくれるかわからねえ。当面は俺たちだけで動く」

と、付け加えた。

「親分、ここで殺しがあったんじゃ、ますます借り手がつきませんね」

「家作《かさく》持ちには可哀そうだが、この家は取り壊すしかないかもしれねえな」

又蔵は冷たく言った。

千吉が再び、雨戸を閉める。

「親分、何かわかったら教えてくださいますか」

栄次郎は頼む。

「いいでしょう。矢内さまのお住まいは？」

「浅草黒船町のお秋というひとの家に部屋を借りています。そこに知らせていただけますか」

「わかりました。浅草黒船町のお秋さんですね」

「そうです、じゃあ、私はお先に」

栄次郎は潜り戸から外に出た。

初秋のきらめくような陽射しが目映《まばゆ》い。

栄次郎は伊勢町河岸に向かった。

『おろち』に暖簾は出ていなかったが、戸に手をかけると簡単に開いた。

「どなたかいらっしゃいますか」

栄次郎は奥に向かって呼びかけた。

ごそごそ音がして、奥から亭主が現れた。

「あなたさまは……」

「すみません。もう一度、お訊ねしたいことがありましてね」

「なんでしょう」

「夕べ、厳つい顔の男が客としてやって来ましたが、覚えていらっしゃいますか」

「ええ、裏口からすぐに出て行った男ですね」

「そうです」

「この店には二度目だそうですが、最初に来たのはおなかさんがここをやめたあとですね」

「そうです」

「おなかさんのことをきいていたそうですね」

「ええ、かなりしつこくきいていました。なぜ、やめたのか、どこに行ったのか、情夫はどんな男だとか」

「なんと答えたのですか」

「なんか胡散臭《うさんくさ》い男だったので、関わりにならないように、知らないと答えておきました」

「じゃあ、おなかさんに誘われてやって来た若い男のことは？」

「話していません」

「そうですか」

「あの男、何者なんですか」

「わかりません。また、やって来るかもしれませんが、適当に受け答えを」

「わかっています。余計なことは言いません。もっともおなかのことはほんとうに何も知らないのですから、言いようもありません」

亭主は真顔で答えた。

『おろち』を出て、栄次郎は大伝馬町の下駄問屋『生駒屋』に行った。

先月のはじめ、『生駒屋』に押込みが入り、主人が殺されている。この主人がおなかに誘われていたのだ。

一ヶ月経って、『生駒屋』はふつうに商売をはじめている。

栄次郎は店先に立ち、中を見渡す。幾組かの客が店に上がって下駄を手にしている。

「いらっしゃいまし」

番頭らしき男が近寄ってきた。

「客ではないんです。ちょっと、内儀さんにお会いしたいのですが」

栄次郎が言うと、客の相手をしていた年配の女が顔を向けた。聞こえたようだ。手代に代わるように言い、栄次郎のそばにやって来た。

「内儀ですが」

「すみません、お仕事中に。私は矢内栄次郎と申します。じつは、押込みの件で、お伺いしたいことがありまして」

「…………」

一拍の間があって、

「どうぞ、お上がりください」

と、内儀は促した。

店の脇にある部屋に通された。大事な商談に使う部屋のようだ。

栄次郎は内儀と差し向かいになって、

「ご亭主どのが犠牲になられたそうで、誠にご愁傷《しゅうしょう》さまでございます」

「はい、どうも……」

内儀は不審そうに、

「矢内さまは、山藤《やまふじ》さまの配下の方ですか」

「山藤さま？」

「火盗改《かとうあらた》め与力の山藤兵庫《ひょうご》さまです」

「いえ、違います。私は奉行所の人間ではありませんが、そのほうの関係の者です」

栄次郎は曖昧な言い方をした。

「押込みの捜索は火盗改めも入ったのですか」

「はい、南町のほうといっしょになりました」

「そうですか。で、その後の手がかりは？」

「ありません。ただ、火盗改めの与力さまが、押込みは最近江戸を騒がせている霞《かすみ》小僧《こぞう》の仕業《しわざ》ではないかと言ってました」

「霞小僧？」

「はい。火盗改めで勝手に名付けたそうですので、奉行所のお方には通用しないとも言ってました」

押込みはまったく家人にも気づかれないうちに行なわれており、痕跡を何も残していない。霞のように消えて正体もわからないので、霞小僧と名付けたらしい。その霞小僧の盗みの中で唯一の失敗が『生駒屋』の押込みだ。主人を殺さねばならない状況に陥ったのだ。

「失礼ですが、お亡くなりになられたご亭主どのは、おなかという女子のことを知っていたかどうかわかりませんか」

「………」

内儀は顔を歪めた。

「いかがでしょうか」

「おなかという呑み屋の女に惑わされていたようです。同業者が教えてくれました」

内儀は打ち明けるように、

「ときたま、夜遅く帰ってくることもありました。おなかという若い女に入れ込んでいたんです」

「その女のことを、ご亭主どのに訊ねたことは？」

「いえ、ありません」

「押込みがあった夜、どうしてご亭主どのだけが殺されたのですか」

「おそらく、土蔵の鍵を渡そうとしなかったからだと思います」

「そうですか。内儀さんの目の前で刺されたのですか」

「いえ」

内儀は首を横に振った。

「私は実家に行っていて留守でした。もし、実家に行っていなかったら、私も殺されていたかもしれません」

「内儀さんはご実家に？」

「そうです。父が臥《ふ》せっているので、ときたま牛込《うしごめ》の実家に行きます。そのとき、押込みが……」

内儀は声を詰まらせた。

「そうですか。では、賊と顔を合わせたのは番頭さんたちですか」

「いえ。奉公人は押込みがあったことにまったく気づかなかったんです。次の日の朝、番頭さんがうちのひとを起こしに行って、死んでいるのを見つけ、大騒ぎになったんです」

「土蔵は荒らされていたのですね」

「はい。一千両盗まれました」

内儀は悔しそうに言う。

「今、お店はどなたが？」

「倅《せがれ》が跡を継いでいます」

「わかりました」

礼を言って、栄次郎は立ち上がった。

「押込みは捕まるでしょうか。うちのひとの敵《かたき》を討つことは出来ましょうか」

内儀は縋《すが》るようにきいた。

「必ず、捕まえてみせます」

栄次郎は自分自身にも言い聞かせるように言った。

夕方になってお秋の家に行くと、崎田孫兵衛の使いが栄次郎に文を置いていた。お秋から受け取り、文を広げた。

一つ。三月、尾張町《おわりちょう》二丁目、瀬戸物問屋『瀬戸屋《せとや》』。五百両。

一つ。四月、木挽町《こびきちょう》三丁目、足袋問屋『但馬屋《たじまや》』。七百両。

一つ。五月、深川佐賀町《さがちょう》一丁目、油問屋『結城屋《ゆうきや》』。六百両。

この半年間で、押込みに入られた商家だ。数字は被害額だろう。

こう見ると、毎月一回、どこかに押し入っている。先月の六月が、大伝馬町の下駄問屋『生駒屋』だ。

この三軒の商家に、おなかが絡んでいるに違いない。そして、今月七月の狙いは『美浜屋』だったに違いない。

だが、思わぬ事態が出来《しゅったい》した。例の空き家での殺しだ。そのために、『美浜屋』への押込みは変更を余儀なくされた。

だが、と栄次郎は考える。おなかはせっかく蔵太郎を籠絡《ろうらく》したのだ。蔵太郎から店の内部のことを聞き出すのは、おなかにとって容易なことだったはずだ。

そのことが頓挫《とんざ》した。しかし、このまま諦めるだろうか。再び、おなかが蔵太郎に近付くことも十分にあり得ると思った。

「栄次郎さん、夕飯食べていって。きょうは旦那がいないのだから」

「わかりました」

崎田孫兵衛が来ていると、栄次郎は夕餉をとらずに引き上げる。孫兵衛は酒癖が悪く、酔うにしたがいねちねちと栄次郎に絡んでくる。

お秋が栄次郎に親切にするのが面白くないのだ。焼き餅だ。そうなると、なかなか面倒なので、なるたけいっしょに酒を呑まないようにしている。

暗くなるまで三味線の稽古をし、それから階下に行き、夕餉を馳走になった。

「旦那がいないほうが、ほんとうに清々《せいせい》するわ」

お秋が酒を呑みながら言う。

「そんなことを言ってはいけませんよ。崎田さまは、お秋さんをとても大事になさっています」

「それはわかるんですけどね」

「崎田さまは、奉行所でももっとも難しいお仕事をなさっているので、ここに来たときはわがままを言いたくなるんでしょう」

「あら、栄次郎さんも、旦那がわがままいっぱいと思っているんでしょう」

「いえ、そういうわけでは……」

「栄次郎さんに頼みを押しつけて、いい気になっているんですもの。おかげで、栄次郎さんがなかなかうちに来られなくなったじゃない」

なるほど、栄次郎に『美浜屋』の件をやらせていることが気に入らないのだ。きょうも、お秋の家に来たのは夕方だった。

「崎田さまにはお世話になっているのですから、仕方ありません」

「そうね。私も旦那のおかげで食べていけるんだから文句も言えないわ」

お秋はほんのり頬を染めて言った。

それから四半刻（三十分）後に、栄次郎はお秋に見送られて引き上げた。

三

栄次郎が帰宅すると、母に呼ばれた。

前回、話の途中で出掛けてしまったことを思い出し、栄次郎はため息をついた。

母と差し向かいになったが、母はすぐに口を開こうとしなかった。

「母上、何か」

栄次郎から声をかけた。

「栄次郎」

母が口調を改めた。

「はい」

栄次郎も思わず居住まいを正した。

「じつは、今度、栄之進の相手の綾乃《あやの》どのがこの屋敷においでになります」

「えっ？」

栄次郎ははっとした。もう、そこまで話が進んでいるのかという驚きだった。

「日にちはまだ未定ですが、近々です。その節は、屋敷にいてぜひお迎えするように」

「はあ」

「正式に縁組みとなれば、そなたにも考えていただかなければなりません」

「わかっています。兄嫁がいらっしゃるようになれば、私はここから出ていくつもりです」

「わかっていればよろしい。その行き先を、今探しております」

「いえ、私はお秋さんの家に居候するつもりです。お秋さんも請け合って……」

「栄次郎。何を言うのですか。そなたは、格式ある家に養子に出るのです。岩井さまが、骨折ってくださっています」

「母上。待ってください」

栄次郎はあわてた。

「私はまだ……」

「何を言うのですか。栄之進が嫁をもらうことになったのです。今度はそなたの番です。そなたをこのまま部屋住みのままにしておくわけにはいかないのです」

「…………」

反論しても無駄だと思い、栄次郎は押し黙った。

「わかりましたね。今夜はもう遅いですからお休みなさい」

「はい」

栄次郎は逃げるように母の前から立ち去った。

自分の部屋に入ると、今度は兄が呼びに来た。

「ちょっと来ないか」

「はい」

栄次郎は兄の部屋に行った。

「母上が何か言っていたか」

兄が声をひそめてきく。

「兄上のお相手の綾乃さまが当家にお見えになるから、出迎えよと」

「そうか」

兄はため息をついて表情を曇らせた。

「やはり、来るのか」

「はい。兄上もご承知の上では?」

「いや、母上が岩井さまに頼んだらしい。嫁に来て狭い屋敷だと落胆されるより、予《あらかじ》め見ていただいたほうがいいと仰《おっしゃ》って」

「母上はずいぶん熱心でございました」

「一千石の旗本の娘だ。母上にとっては満足すべき相手なのだ。しかし、俺にとってはいい迷惑だ。身分不相応だ」

兄はやりきれないように言い、

「俺には深川の女で十分だ」

と、付け加えた。

「兄上だけのことを考えたら、私もそう思います。女郎屋で働いていても、心は純粋ですからね。でも」

と、栄次郎は続ける。

「矢内家のことを考えたら、一千石の旗本の娘との縁談はまことに歓迎すべき話ではありませんか」

栄次郎は兄のためにはこの話は有意義だと思った。直参として矢内家を守って行くためにも、妻の実家の後ろ盾は頼もしいはずだ。

「兄上、そろそろ年貢の納め時です。どうか、覚悟をお固めください」

兄は意外そうな顔で、

「そなたが、そのようなことを言うとは思わなかった」

「母上のうれしそうな顔を見たら、今回のお話は素直に喜ぶべきではないかと思いました」

「しかし、わしが嫁をもらえば、そなたも?」

「はい。そのことが頭痛の種です。母上はなんとしてでも養子先を決めようとしています」

栄次郎は困惑して、

「私は三味線弾きとして生きていきたいのです。養子に入ったら自由はききません。そのことでは母上を傷つけることになってしまうかもしれません」

「まさか、強引に家を出るつもりでは?」

兄が顔色を変えた。

「そういう真似はしたくないのですが」

「栄次郎。それはだめだ」

兄は叫んだ。

「兄上、声が……」

栄次郎が注意をすると、兄はあわてて自分の手で口を塞いだ。

「栄次郎。そんなことをしたら、母上が嘆く」

「わかっています」

「母上に正直にお話をし、三味線の稽古を続けさせてくれる養子先を選んでもらうというのは、どうだ？」

「それは無理です」

「なぜ、決めつける」

「今、私が三味線弾きをしていられるのは部屋住みだからです。兄上に暮らしの面倒を見てもらっているからです。養子先ではお役目に就くようになるでしょう。家長ともなれば、わがままも言えなくなります」

「お役についても、毎日登城するわけではない。三味線に割ける時間は十分にある」

「兄上、私は三味線弾きとして生きていきたいのです。武士を捨てたいと思っています」

「…………」

兄は厳しい顔で腕組みをした。

しばらく考えていたが、兄は腕組みを解き、

「栄次郎。いずれにしろ、わしが妻帯しても、この屋敷に留まれ。よいな」

「はい」

半拍の間を置いて、栄次郎は答えた。

寝間に戻り、栄次郎は布団に入ったが、さまざまな思いが頭の中を駆け巡って寝付けなかった。

母は、栄次郎を実の子として育ててきた。しかし、どこかに母には大御所治済の子を預かっているという思いがあるのではないか。

ちゃんとしたところへ養子に出す。それが、預かった者の務めと考えているのではないか。

そうなのかもしれないと思ったとたん、思いはおなかへと飛んだ。

おなかは火盗改めが命名した霞小僧という盗賊の仲間と思われる。女の武器を使い、狙いを定めた商家の旦那に近付き、店の中の様子を聞き出す。そういう役割を担っていたのではないか。

そうやって、先月のはじめは大伝馬町の下駄問屋『生駒屋』に押し入った。次の狙いは海産物問屋の『美浜家』だった。それで、若旦那の蔵太郎に近付いたのだ。空き家で思わぬ刃傷沙汰があったため、蔵太郎とはそれきりになってしまった。

『美浜家』はこれで狙いが外れたか、それともほとぼりが冷めてからおなかはもう一度、蔵太郎に近付くか。

そう思ったとき、栄次郎はあることに気づいた。

空き家の死体は酔いつぶれた蔵太郎のそばに置かれていたわけだ。想定外のことが起こって、敵対する男を殺した。

とっさに『美浜家』に押し込むとっかかりにしようと企みを変えたのではないか。そうかもしれないと、栄次郎は不安になった。

いつまでも寝付けなかったが、気がついたとき、夜明け前だった。いつの間にか、眠りについていたのだ。


栄次郎は起き上がった。

栄次郎は日課の素振りを繰り返し、汗をかいて、ようやく切り上げた。

朝餉を、栄次郎は兄とともにもくもくと食べた。兄も眠れなかったのか、目が赤かった。

食べ終えて部屋に戻るとき、

「兄上、眠れなかったのではありませんか」

と、声をかけた。

「おまえもか」

「はい」

栄次郎は素直に答えた。

「栄次郎、早まった考えはしてくれるな」

「はい」

栄次郎は兄と別れ、自分の部屋に戻った。

すぐに外出の支度をし、栄次郎は部屋を出た。

いつもは湯島切通しのほうに向かうのだが、きょうは本郷通りを急いだ。霞小僧の狙いは『美浜家』ではないかと考えたが、その前に霞小僧に押し入られた三軒の商家を調べてみる必要があった。

昌平橋《しょうへいばし》を渡り、須田町を経て日本橋方面に向かう。

魚河岸の活気がようやく落ち着いてきた日本橋を渡り、さらに進んで京橋《きょうばし》を渡る。

栄次郎が最初に向かったのは尾張町二丁目にある瀬戸物問屋『瀬戸屋』だった。霞小僧に五百両を盗まれている。

『瀬戸屋』の看板が見えてきた。店の横に大八車が停まり、荷を下ろしている。それを見守っている番頭らしい男に声をかける。

「私は南町の崎田孫兵衛さまの知合いで、矢内栄次郎と申します。ご主人にお会いしたいのですが」

「南町の崎田さまですか」

番頭はあわてて店の中に入って行った。

すぐ恰幅のよい男が出て来た。二重顎で、首も太い。

「瀬戸屋です」

瀬戸屋は横柄《おうへい》に名乗った。

「矢内栄次郎です」

「南町の崎田さまのお知り合いということですが、どういうお知合いですか」

「崎田さまの妹さんと懇意にさせていただいています」

「そうですか。で、私に何を？」

「今年の四月、押込みに入られたようですね」

「ええ、とんだ災難でした」

瀬戸屋は渋い顔で言う。

「あなたは、伊勢町河岸にある『おろち』という呑み屋をご存じですか」

「『おろち』……」

「ご存じですね」

「ええ」

「そこに、おなかという女が……」

「向こうへ」

瀬戸屋は強引に歩き出した。

人気《ひとけ》のない場所に来て立ち止まった。

「おなかがどうかしたんですか」

瀬戸屋は顔色を変えている。

「その前に教えてください。あなたは、おなかと親しくしていたのですか」

「………」

「どうなんですか」

「向こうから誘いをかけてきたんだ。大八車をよけた拍子に私にぶつかってきた。そのとき、呑み屋で働いているから一度会いに来てくれと言われた」

「それから親しくしていたのですね」

「だが、あの女、押込みがあってから私を遠ざけるようになった」

「押込みのあとですか」

「そうだ。『おろち』に訪ねても、素っ気ない態度で」

「どうしてだと思いますか」

「…………」

瀬戸屋は迷っている。

「何か」

「いや。なんでもない」

「おなかとはどんな話をしましたか」

「そんなこと、話さなきゃならないんですか」

「大事なことなんです。たとえば、家の間取りや土蔵の鍵のありかなど、きいてきませんでしたか」

「どういうことですか。なぜ、そんなことをきくのですか」

瀬戸屋は目を剝《む》いていた。

「先月、大伝馬町の下駄問屋『生駒屋』に押込みが入り、主人が殺されました。生駒屋さんもおなかと親しかったんです」

「…………」

瀬戸屋は口をあえがせた。

「瀬戸屋さん。どうなんですか、おなかはあなたから、いろいろきき出したのではありませんか」

「いや、そうじゃない」

瀬戸屋は力なく答える。

「そうじゃないとは？」

「あの女はそんなことはきかなかった」

「きかなかった？　ほんとうですか」

「ほんとうだ。だが……」

そう言い、瀬戸屋は崩れるように膝を落とした。

「だいじょうぶですか」

あわてて、栄次郎は瀬戸屋の体を支えた。

「どうしたのですか。おなかのことで何かあったのですね。何があったのですか」

栄次郎は問い詰めるようにきいた。

「あの女、押込みの仲間だ」

瀬戸屋は呻《うめ》くように言った。

「どうして、そう思うのですか」

「押込みがあった夜、おなかは私の部屋にいたんだ」

「詳しく話してください」

栄次郎は迫った。

「おなかとは何度か、浜町堀の空き家で休んだ。そのとき、一度でいいから私の寝間で朝まで過ごしたいと言った。いじらしいと思い、奉公人に気づかれないようにこっそり夜に裏口から引き入れた」

「待ってください。内儀さんは？」

「家内は病気の療養のために今戸《いまど》の寮で暮らしている」

「そうですか。では、おなかはそのことを知っていて、そのようなことを言い出したのですね」

「そうでしょう」

「で、あなたとおなかが『瀬戸屋』の寝間にいるとき、賊が押し入ってきたのですね」

「そうです。おなかに匕首を突きつけ、土蔵の鍵を出せと、おなかは私に助けてと訴えていました」

瀬戸屋は声を震わせて、

「しかたなく、鍵を渡しました。それから四半刻（三十分）余りの後に、賊はおなかを解き放して引き上げました。すぐ、自身番に駆け込むと、おなかを連れ込んでいたことがばれてしまいます。だから、おなかを帰してから自身番に届けたのです。もちろん、おなかのことは隠しました」

「そうでしたか」

「ちくしょう。あの女ははじめからそのつもりで私に……」

瀬戸屋は興奮した声で、

「おなかはまだ、『おろち』にいるのですか」

「いえ、もういません。逃げたようです」

「ちくしょう」

瀬戸屋は地団駄《じだんだ》を踏んだ。

「あなたのように引っかかった人間は何人かいます。もし、あなたがそのとき、正直にすべてを話していたら、その後の押込みは防げたかもしれません」

「……………」

「もし、おなかが捕まったら、今のことを奉行所に話していただけますか」

「内儀さんや奉公人に気づかれないようにしてくれるはずです」

「それは……」

　そう言い、栄次郎は瀬戸屋と別れた。

　それから、木挽町三丁目の足袋問屋『但馬屋』を訪ねた。『但馬屋』の主人も、同じだった。『但馬屋』は三年前に内儀を亡くして独り身だったので、おなかを引き入れることは容易だった。

　あとは、まったく『瀬戸屋』の場合と同じだった。

　おなかが霞小僧の仲間だとはっきりした以上、次の狙いは『美浜屋』であることは間違いないように思えた。

四

　栄次郎は小網町の『美浜屋』の客間で、蔵右衛門と蔵太郎親子と向かい合った。

「さっそくですが、これまでにわかったことをお話しいたします」

　栄次郎は切り出した。

「この四月から毎月大店に押込みが入っております。みな同じ賊です。火盗改めは霞小僧と呼んでいます」

「霞小僧……」

蔵右衛門が呟く。

「その手口はみな同じです。霞小僧が狙いを定めた大店の主人におなかが近付く。そして親密になってから、一度でいいからご主人の寝間で一晩過ごしたいと甘えて言う。鼻の下を伸ばした主人は夜こっそり、裏口からおなかを家の中に引き入れるのです」

栄次郎は霞小僧の手口を説明していく。

蔵太郎は啞然としてきいていた。

「盗賊はおなかに匕首を突きつけて脅し、土蔵の鍵を出させるのです」

「なんと卑劣な連中なんだ」

蔵右衛門が不快そうな顔で吐き捨てる。

「矢内さま。殺された男のことは何かわかったのでしょうか」

蔵太郎がか細い声できいた。

「まだです。じつは、あの空き家に不審な者が出入りをしていると訴えがあり、岡っ引きの又蔵親分が空き家を調べ、殺しがあったと気づき、今行方不明者を捜しています」

「私のことは……」

「だいじょうぶです。気づかないはずです」

「そうですか」

蔵太郎はほっとしたような顔をした。

「ただ、気になることがあります」

「以前も、そんなことを仰っていましたね。まさか、霞小僧が『美浜屋』を狙うとお思いなのでしょうか」

蔵右衛門が窺うように栄次郎の顔を見る。

「あり得ると思ってます」

栄次郎は言い切った。

蔵右衛門と蔵太郎の顔色が変わった。

「これはあくまでも私の推測でしかありませんが、最初は蔵太郎さんを籠絡《ろうらく》し、おなかが『美浜屋』に乗り込む、いつもの手筈でいくつもりだった。ところが思わぬ事態が勃発した。例の殺しです。私には殺されたのが何者かわかりませんが、霞小僧には当然わかっているのでしょう。おかげで、最初の企みは頓挫してしまいましたが、今度はそのことを利用しようと考え直したのです。それが、蔵太郎さんの脇に死体を置いていた理由だと思います。あとで、蔵太郎さんを脅すためです。近々、殺しの件で霞小僧の者が何か言ってくるはずです」

「なにを言ってくるのでしょうか」

蔵右衛門が怯えてきく。

「たとえば、蔵太郎さんが殺したのを見た。黙っていて欲しければいくらか出せ。ついては、その話し合いに家に参上する……」

「…………」

蔵右衛門は唖然としている。

「そのとき、仲間もいっしょに侵入し、押込みを働く」

栄次郎は想像を語った。

「どうしたらいいでしょうか」

蔵太郎が縋るようにきいた。

「奉行所の手を借りるしかありません。崎田さまにお頼みして、蔵太郎さんの件をうまく話してもらい……」

「わかりました。こういう事態になれば、私も逃げ回っているわけにはいきません。奉行所に正直にお話しいたします」

「ただ、霞小僧に知られないように極秘に動かねばなりませんので、あとは私に任せていただけますか」

「もちろんです」

「では、もし、空き家の件で誰かが何かを言ってきたら、言い分をきき、すぐ私に知らせていただきたいのです」

「わかりました」

「私は浅草黒船町のお秋というお方の家におります。崎田孫兵衛さまの妹さんです」

栄次郎はそう言い、立ち上がった。


『美浜屋』を出て、芳町を通り、浜町堀に出た。例の空き家に差し掛かったとき、空き家の潜り戸から同心が出て来、続けて岡っ引きの又蔵が現れた。

「矢内さまじゃありませんか」

「又蔵親分、よいところでお会いしました。お話があります」

「そうですか。旦那、話に出ていた矢内栄次郎さまです」

又蔵は同心に告げる。三十半ばの鋭い眼光の男だ。

「南町の天木真二郎《あまきしんじろう》だ。俺も、あんたに話があったところだ。偶然に、ここを通りかかったら、女と男がこの家に入って行くのを見たそうだが、ちょっと信じられぬことがあってな」

「もっともです。そのことも含め、お話がしたいのです」

「言い訳をしたいのか」

「いえ。今後のことです」

栄次郎は天木真二郎と又蔵の顔を交互に見て、

「今夜、浅草黒船町のお秋というひとの家に私を訪ねてきてくださいませぬか」

「話なら、今聞こう」

「いえ、今では信じていただけないかもしれませんので」

「そんな頼りない話なのか」

「そういうわけではありませんが。親分、いいですか」

「旦那。ともかく、今夜、黒船町に行ってみましょう」

「いいだろう」

天木真二郎は胡乱《うろん》げな目を栄次郎に向けて言った。

黒船町のお秋の家で待っていると、崎田孫兵衛がやって来た。

知らせを聞いて、栄次郎は階下に行った。

「崎田さま」

「栄次郎どのか。話は着替えてからだ」

「いえ、着替える前に」

「なに？」

「ぜひ」

「わかった」

客間としても使っている部屋で、栄次郎は孫兵衛と差し向かいになった。

「押込みに入られた大店のうち、佐賀町一丁目の油問屋『結城屋』以外の二軒訪ねました。やはり、二軒とも主人はおなかと関係していました」

「そうか」

「おなかが店に潜り込み、仲間を引き入れる。そして、霞小僧はおなかを脅して土蔵の鍵を出させる……」

栄次郎は霞小僧の手口を説明した。

「おなかが蔵太郎に近付いたのは、次の狙いが『美浜屋』だったからだな」

「そうです」

「だが、思わぬ殺しがあって、企みが頓挫したか」

「いえ、今度はそのことを利用して」

と、想像を話した。

「では、霞小僧は『美浜屋』を襲うというのか」

「おそらく」

「うむ」

孫兵衛は厳しい顔で唸った。

「蔵太郎さんはもはや奉行所にすべて正直に話すと言っています。この機に、霞小僧を捕まえたいと思うのですが」

栄次郎は身を乗り出し、

「崎田さまには無断で、同心の天木真二郎どのと又蔵親分にここに来てもらうように言いました。じきに来るかと思います。崎田さまから、このふたりにこれまでの経緯をお話ししていただけませぬか。私の言葉では納得してもらえそうもありませんので」

「よし、いいだろう」

孫兵衛はにやりと笑い、

「ふたりがやって来るから着替えさせなかったのか」

「はい」

「いずれにしろ、よくやってくれた」

「でも、まだ、解決したわけではありませんので」

「いや。『美浜屋』に対してのわしの面目が立った」

孫兵衛は満足そうに頷いた。

「お話し中、すみません。栄次郎さんにお客さまがいらっしゃいました」

お秋が声をかけた。

「すみません。ここに通してくださいませんか」

栄次郎は言う。

「いいんですか」

お秋は孫兵衛に確かめる。

「いい」

「わかりました」

お秋は立ち上がった。

しばらくして、天木真二郎と又蔵が部屋にやって来た。

「失礼」

天木真二郎は部屋に入ったとたん、固まったように動かなくなった。孫兵衛に気づいたのだ。

隣で、又蔵も啞然としていた。

「どうした、座れ」

孫兵衛が声をかける。

「崎田さま」

あわてて腰を下ろし、天木真二郎は低頭した。又蔵も倣《なら》う。

「そんな硬くならずともよい」

「ははあ」

「天木さん、黙っていて申し訳ありません」

栄次郎は謝り、

「崎田さまよりお話しいただいたほうが、天木さんや又蔵親分も納得していただけるかと思いまして」

「天木」

孫兵衛が口を開く。

「じつは、そもそも、わしが栄次郎どのに頼んだことからはじまっているのだ」

孫兵衛は『美浜屋』から頼まれた内容を話し、その調べを栄次郎に託した。そして、蔵太郎と『おろち』のおなかとの関係から、霞小僧の押込みへと話を進める。

天木真二郎と又蔵は真剣な眼差しで聞き入っていた。特に、大店に乗り込んで、仲間を引き入れ、自分が脅された振りをして土蔵の鍵を出させるおなかの大胆さには、ふたりとも口をあんぐりさせていた。

「おなかが蔵太郎に近付いたのは、次の狙いが『美浜屋』だったからだ。だが、空き家で殺し騒ぎがあり、蔵太郎の籠絡が出来なくなった。そこで、霞小僧は蔵太郎が殺しに関わっているように企み、死体をどこかに隠した。このことを種に、『美浜屋』に脅しを掛けるつもりではないかと栄次郎どのは見ている」

孫兵衛は栄次郎に目配せをした。

「はっ」

栄次郎は引き取り、

「霞小僧は近々、『美浜屋』に脅しをかけに来るのではないかと思っています。そこで、そのことを逆手《さかて》にとれば、霞小僧を一網打尽《いちもうだじん》に出来るのではないかと考えたのです。そのためには、天木さんや親分の手を借りなければなりません」

「わかりました」

天木真二郎は気負ったように興奮した声を出した。

「『美浜屋』の蔵右衛門さんと蔵太郎さんには、不審な者がやって来たら、すぐ知らせてくれるように頼んであります。その上で、こちらの対策を練りたいと思います。ただ、これ以上、ひとを増やして相手に感づかれては元も子もありません。我らだけで、ことに当たりたいのですが。被害にあった大店の主人の話では、賊は五人ぐらいです。侍はいないようです。ですから、我ら三人と親分の手下の千吉さん、それに私の知合いを念のために待機させようかと思います」

「いいでしょう」

天木真二郎は胸を叩いた。

「みな、頼んだ」

孫兵衛は頭を下げた。

「もったいない」

天木真二郎は恐縮して言う。

『美浜屋』からの知らせがあってからの連携を確かめ合い、天木真二郎と又蔵は引き上げた。

「崎田さま、ありがとうございました。おかげで、なんとかうまくいきそうです」

「うむ。うまくいけば、火盗改めに一泡吹かせることが出来る。さて、着換えて向こうに行くとしよう。栄次郎どのはどうする？」

「私は新八さんのところに寄って手を貸してくれるように頼んできます」

「そうか」

孫兵衛は満足げに大きく頷いていた。

栄次郎はお秋の家から御徒町《おかちまち》を通り、明神下に向かった。

新八は大名屋敷や大身《たいしん》の旗本屋敷、そして豪商の屋敷などに忍び込むひとり働きの盗人だった。忍び込んだ屋敷の武士に追われた新八を助けてから、栄次郎と親しくなった。今は盗人をやめ、御徒目付である兄栄之進の手先のようなことをしている。もっとも、兄の依頼が頻繁にあるわけではなかった。

長屋木戸を入り、新八の家の前に立った。五つ（午後八時）をまわったところだ。新八が帰っているか心配だったが、腰高障子を開けると部屋は暗かった。やはり、留守かと思ったら、横になっていた新八が体を起こした。

「栄次郎さんじゃありませんか」

「新八さん、どうかなさいましたか」

この時間に横になっていたので、栄次郎は体の不調を心配した。

「ゆうべ、栄之進さまの使いで、ちょっと」

「そうですか。それはご苦労さまでした」

御用の内容はきけないので、栄次郎はいたわってから、

「では、忙しそうですね」

と、確かめた。

「いえ、もう終わりました。何か御用ならお引き受けいたします」

新八はそう言いながら、行燈に火を入れた。

「どうぞ」

新八は座るように勧める。

「では」

栄次郎は上がり框《かまち》に腰を下ろした。

「新八さん、霞小僧という盗賊がいます。この四月から毎月のように押込みを繰り返し、今度の狙いが小網町にある海産物問屋の『美浜屋』だと思われるのです」

栄次郎は詳しい話をし、新八に手伝って欲しいと頼んだ。

「もちろんです。ぜひ、やらせてください」

新八はうれしそうに答えた。

「新八さんに手伝ってもらえれば心強い限りです」

「いえ、あっしは栄次郎さんのお役に立てるなら本望です」

「そうそう、新八さん。もういいでしょう、お稽古を再開しても」

「へえ。どうも、まだ踏ん切りがつかないんですよ」

新八も、吉右衛門師匠の弟子で、長唄の稽古に通っていた。そのときは、相模《さがみ》の大金持ちの三男坊という触れ込みだった。

だが、実際は盗人だったということがばれ、一時江戸を離れていたことがあり、そのときから稽古に行っていないのだ。

師匠を騙していたことに負い目を感じていて、なかなか稽古を再開出来ずにいる。

師匠は気にしていないのだが……。

「栄次郎さん。でも、そのうち、必ず通いはじめます」

新八は力強く言った。

「じゃあ、また来ます」

栄次郎は立ち上がった。

「そこまでお送りいたします」

新八は土間に下りた。

ふたりは妻恋坂を上がった。さっきの兄の仕事が何か気になっていたが、やはりきくわけにはいかなかった。

途中、『明月』という小体《こてい》な料理屋がある。そこの門から男と女が出て来た。栄次郎ははおやっと思った。男の顔に見覚えがあった。だが、すぐに思い出せなかった。

男と女は目の前を上がって行く。突然、閃光が走ったようにひとりの男の顔が浮かび上がった。

そうだ、『山城屋』の幸兵衛を訪ねたとき、すれ違った男だと思い出した。

幸兵衛は幼馴染みだと言っていた。女の顔は見えなかったが、あのときの女かどうかはわからなかった。

「栄次郎さん、どうかしましたかえ」

新八が不思議そうにきいた。

「いえ、なんでもありません」

男と女は妻恋町に消えて行った。

「じゃあ、ここら辺りで」

栄次郎は途中で新八に声をかけた。

「へい。じゃあ、お気をつけて」

新八と別れ、本郷に向かいながら、栄次郎はさっき『明月』から出て来た男のことを考えた。

すぐ思い出せなかったのは表情が違っていたからだ。『山城屋』で見かけた顔は恵比寿さまのように、にこにこしていた。ところが、さっき見た顔は厳しいものだった。

その落差が、栄次郎には気になった。

五

翌朝の五つ（午前八時）過ぎ、『山城屋』に安太郎がやって来た。

幸兵衛は安太郎を客間で迎えた。

「きょうはいろいろすまなかったな」

幸兵衛は思わず声が弾んだ。

「なあに、武三が、いや幸兵衛さんが喜んでくれたら、俺もうれしいからな。おたかさんの言《こと》づてだ、四つ（午前十時）に柳橋の『大和屋《やまとや》』という船宿に伺うということだ」

安太郎は囁くように言った。

「よかった」

幸兵衛はにんまりした。

「おかみさんは？」

「今、支度している。もうちょっと待ってくれ」

「演《だ》し物は『菅原伝授手習鑑《すがわらでんじゅてならいかがみ》』だ。おかみさんも喜んでくれるだろう。俺は別に用事があるが、終演頃に迎えに行ってここまで送り届ける」

「安太郎、俺も夕方までには帰るつもりだが、ちょっと心配だ。少し、ゆっくりしてくれないか」

「わかった。心配ない」

安太郎は請け合ってから、

「で、どこに行くつもりなんだ？」

と、きいた。

「亀戸《かめいど》から向島《むこうじま》に行こうと思う。亀戸は萩寺《はぎでら》だ」

幸兵衛はおたかといっしょだと思うと自然に顔が綻《ほころ》んだ。

「そいつはいいな」

　安太郎はうらやましげに、

「俺はおかみさんを芝居茶屋に送り届けたあと、芝まで行かねばならないんだ。本家の旦那から会いに来いと前々から言われていてな」

「そうか。それはご苦労だ。でも、恩あるお方の頼みは十分に聞いてあげたほうがいい。あとに悔いを残さないためにもな」

「そうだな」

　廊下に足音がした。

　襖が開いて、おようが顔を現した。

「お待たせしました」

「おや、ずいぶん地味でないか」

　沈んだような色合いの着物だ。せっかくの芝居見物なのだから、もっとめかし込んでくると、幸兵衛は思っていた。

「そう思ったんですけど、おまえさんといっしょにならともかく、ひとりですから。でも、これ」

　おようは自分の頭を指でさした。髪には安太郎からもらった鼈甲の蒔絵櫛が挿してあった。

「おかみさん、その櫛？」

安太郎も気づいてきいた。

「ええ、安太郎さんからいただいた櫛です。こういうときじゃないと、なかなかつける機会がないでしょう」

着物は地味なものを選んだが、およようはだいぶ胸を躍らせているようだ。このようなおようを見るのははじめてだ。

「とてもお似合いですよ」

安太郎は自分が贈った櫛だからそういうしかないだろうと、幸兵衛は笑った。

「じゃあ、おかみさん、そろそろ行きましょうか。外に駕籠を用意してあります」

安太郎が声をかける。

「はい。じゃあ、おまえさん、すみませんがきょう一日勝手させていただきます。帰りは暗くなってからだと思いますけど」

「構わない。たまには羽を伸ばしてくるといい。私もせっかくだから、じつのふた親のお墓参りに行って来ようと思う」

「それは結構なことじゃありませんか、ぜひそうなさいましな」

「そうだな」

「では、行ってきます。安太郎さん、お願いします」

「はい。じゃあ」

安太郎は意味ありげな笑みを浮かべ、およのあとを追った。

しばらくして、番頭がやって来た。

「内儀さん、お出かけになりました」

「そう、ご苦労。あっ、番頭さん、私もこの機会にじつのふた親の墓参りに行って来ようと思う。留守にするけど、お店を頼みます」

「はい、畏まりました」

番頭が下がって、ひとりになると、急にそわそわしてきた。早くおたかに会いたい。そう思うと、落ち着いていられなくなった。

幸兵衛は早々と店を出た。

幸兵衛は下谷広小路《したやひろこうじ》を突っ切り、御徒町から三味線堀の脇を通るという元鳥越町の吉右衛門師匠の家に通う道順で、蔵前から柳橋にやって来た。

船宿『大和屋』に入ると、小太りの女将が出迎えた。

「いらっしゃいまし」

「ひとと待ち合わせている。待たせてもらうよ」

「お部屋をお使いになりますか」

「いや、直《じき》に来るはずだ。来たら、亀戸までやってもらいたい」

「わかりました」

「どうぞ、お掛けしてお待ちを」

幸兵衛は上がり框に腰を下ろした。

出された茶を飲みながら、これからのおたかとのことを思い描き、つい口許が綻んだ。

戸口に人影が立った。おたかだ。まるでこれから行くところがわかっていたように萩の花をあしらった着物だ。

幸兵衛は立ち上がった。

「お待たせしました」

「ちょっと早く来てしまった。おたかも早かったじゃないか」

「ええ、なんだか落ち着かなくて」

おたかは恥じらうように言う。

「じゃあ、行こうか」

「はい」

「行き先は任せてもらえるかね」

「はい、どこへでも」

「うれしいよ」

幸兵衛は女将に、

「じゃあ、頼みます」

と、声をかけた。

「はい、亀戸ですね」

「萩寺だ」

「きょうは風もなく、波も穏やかで、舟にはいい天気ですよ」

女将の案内で船着場に向かい、若い船頭の猪牙舟《ちょきぶね》に乗り込んだ。

神田川から大川に出て、両国橋をくぐる。波は穏やかで揺れは少ない。船頭は軽快に櫓を漕ぎ、舟は速度を上げて大川を横断し、竪川《たてかわ》に入った。

河岸には人通りがある。おたかは手ぬぐいを頭からかぶり、端を口にくわえた。陽光が目映いばかりでなく、顔を隠す意味合いもあるのだろう。

幸兵衛も万が一のことを考え、船宿で借りた笠をかぶった。

横川を過ぎ、天神川に入る。右手前方に亀戸天満宮が見えてきた。そこも萩の名所だが、ひとが多いだろうと敬遠した。

天神橋をくぐり、亀戸天満宮の先にある萩寺の近くにある船着場で陸《おか》に上がった。

だが、萩寺も山門を出入りする人間が多く、知り合いに会うかもしれないと、幸兵衛はふと不安になった。

「行きましょう」

幸兵衛の気持ちを察したように、おたかが言う。

「そうだな。向島の秋葉神社《あきばじんじゃ》や三囲神社《みめぐり》も萩の見所《みどころ》らしい。そっちに行ってみよう」

「はい」

おたかは素直についてきた。

途中、柳島《やなぎしま》の妙見《みょうけん》さんにお参りをし、業平《なりひら》から北十間川《きたじっけんがわ》を越えて秋葉神社に向かった。

幸兵衛はさっきからうずうずしていた。萩より、早くおたかとふたりきりになりたい。

幸兵衛は秋葉神社境内にある『武蔵屋《むさしや》』のような有名な店ではなく、そこから少し離れた場所にある料理屋に入った。ふつうの料理屋でないことは雰囲気でわかった。

出合茶屋でもあるのだ。

離れ座敷に通された。かなたに大川が望める。

「疲れなかったかえ」

幸兵衛はおたかをいたわる。

「疲れるほど、歩いていませんよ」

おたかが笑って、

「でも、静かね」

と、庭に目をやる。

幸兵衛はおたかの手をとって引き寄せようとしたとき、廊下に足音がして、あわてて手を引っ込めた。

「失礼します」

女中が酒肴を運んできた。

「あとはこちらでやりますから」

おたかが酒を受け取って言う。

「やっとふたりきりになれたね」

幸兵衛は酌を受けながら言う。

「さあ、おたかも」

幸兵衛が酒を注《さ》す。

「幸兵衛さんとこうしてふたりきりで遠出が出来るなんて夢みたい」

おたかもうっとりしたように言う。

おたかの目の縁がほんのりと染まってきて、ますます色っぽくなった。幸兵衛は押さえることが出来なくなった。

おたかのそばににじり寄り、肩を抱き寄せた。おたかは幸兵衛の胸に倒れ込む。着物の裾が乱れ、おたかの白い足が目に飛び込んだ。

「おたか、私はもうおまえと離れられない」

「幸兵衛さん。私たち、会ってまだ半月ですよ」

「一目見たときから私はおまえの虜《とりこ》になったんだ」

幸兵衛はおたかの胸元から手を差し入れた。豊かな膨らみに触れる。おたかが微かに呻き声を発した。

「向こうへ」

幸兵衛が囁く。

「はい」

ふたりは隣の部屋に行った。布団が敷いてあった。

帰りは業平橋まで歩き、そこの船宿から舟に乗った。

源森川《げんもりがわ》から大川に出た。西陽が駒形堂《こまがたどう》の屋根から射し、川面に照り返している。夕方になって風が出て、波が高くなっていた。

ときたま、舟が大きく揺れた。おたかは幸兵衛の手にしがみついている。そんなおたかがいじらしかった。

両国橋に近付き、その手前の神田川に入る。

そして、さっきの船宿『大和屋』の前で舟を下りた。そこで駕籠を二挺呼んでもらい、先におたかを乗せた。

「じゃあ、また」

「はい」

おたかは素直に頷いた。

「駕籠屋さん、やってください。妻恋町だ」

幸兵衛は駕籠かきに声をかける。

「へい」

駕籠かきは駕籠を担いで、出発した。

そのあと、幸兵衛は駕籠に乗り込んだ。

駕籠に揺られながら、幸兵衛は満ち足りた気分に浸っていた。おたかを知ってから、およ うがわずらわしくなっている。

だが、養子の身ではおように頭が上がらない。およ うのうしろにはうるさい親戚がついている。

だから、おたかを妾として囲うしかなかった。おたかはそれでもいいと言ってくれた。それまでは、安太郎の手を借りて、おたかとの逢瀬を楽しむしかない。

駕籠は下谷広小路を走っていた。だいぶ辺りは暗くなってきた。もう、およ うは帰っているだろうか。

ようやく池之端仲町に入り、『山城屋』に帰ってきた。

「お帰りなさい」

番頭が出て来た。

「何もなかったか」

店に入りながら、幸兵衛はきいた。

「はい。ございません」

「内儀は?」

「まだでございます」

幸兵衛はほっとした。

おようが上機嫌で帰ってきたのは、それから四半刻（三十分）後だった。送ってくれた安太郎が何も心配はないというように微笑んでいた。

第三章　霞小僧《かすみこぞう》

一

　翌日、栄次郎は吉右衛門師匠のところから黒船町のお秋の家にまわり、三味線の稽古をしながら『美浜屋』からの知らせを待った。

　幸兵衛はあれから音合わせをしていない。いちおう『汐汲』は仕上がっているが、さらに練り上げていく必要がある。

　そのうち、幸兵衛に会いに行ってみようと思ったとき、ふと夕べ見かけた男を思い出した。

　二十年振りに再会した幼馴染みだ。幸兵衛の家での恵比寿顔とゆうべの顔が結びつかないのだ。そのことも気になった。

「栄次郎さん」

襖が開いて、お秋が顔を出した。

「新八さんがいらっしゃいました」

「失礼します」

新八が入って来た。

「栄次郎さん、来ました」

「来ましたか」

栄次郎名は身を引き締め、新八の顔を見た。

「やって来たのは、頰に傷のある遊び人ふうの男。歳の頃は三十二、三です」

新八を『美浜屋』に連れて行ったのはきのうのことだった。今後、連絡は新八を介して行なうことを蔵右衛門と蔵太郎に話した。

さっそく今日、霞小僧が現れたのだ。

「店先を見張っていると、その男が番頭に話しかけて、それから奥に入って行ったので、間違いないと思い、客間の隣りで、話を聞かせてもらいました」

蔵右衛門と蔵太郎の前で、男は凄んで見せ、こう言ったという。

「この七月十二日の夕方、浜町堀の空き家から若い男が血相を変えて飛び出して行ったのを見ましてね。不思議に思って、空き家に入ってみたら、あっしの仲間が死んでいるじゃありませんか。それも殺されてね」

そう切り出し、男は続けた。

「仲間が殺されて黙っているわけにはいかねえ。ただ、奉行所に乗り出されちゃ、俺たちが敵《かたき》を討つのが難しくなる。それで、死体を隠した。それから、逃げた若い男を捜し続け、やっとどこの誰れかを突き止めたってわけだ」

男はそう言ったと言う。

「それで、最後に男はこう言いました。死体はある場所に隠してあるが、その死体はあるものを握っていたと」

「あるものを握っていた？　まさか、蔵太郎さんの持ち物では？」

栄次郎は啞然としてきいた。

「そうです。蔵太郎さんが持っていた煙草《たばこ》入れだそうです。もし、死体が見つかれば、町方は煙草入れの持ち主を洗い出す。あるいは、その前に仲間が蔵太郎を敵《かたき》として襲うかもしれない。そう脅していました。それで、仲間に仕返しをさせないように働きかけ、必要なら死体から煙草入れを持ってきてやる。だから、それを五百両で買ってもらいたい」

「煙草入れはほんとうなんですか」

栄次郎は口をはさんだ。

「蔵太郎さんにきいたら、どこかでなくしたそうです。でも、空き家に落としてきたのではないそうです」

「なるほど。相手はその後、煙草入れを手に入れたんですね。それを手に入れるのに時間がかかった。だから、今になって乗り込んできたのでしょう」

あるいは、押込みの支度が整ったので、動き出したか。

「で、蔵右衛門さんは？」

「その条件で、蔵右衛門さんは応じました」

相手の条件を呑むように蔵右衛門には言ってある。

「すると、男は明日の夜、煙草入れを持ってもう一度やって来る。五つ半（午後九時）頃に裏口から入るから鍵を開けておいてくれと言い、引き上げました」

「なるほど。そこから押込みの仲間が侵入する手筈ですね」

栄次郎は合点した。

「じつは、引き上げた男のあとをつけようとしたら、別にその男のあとをつけている男がいたんです。あっしはそのあとをつけたのですが、東堀留川《ひがしほりどめがわ》の堀沿いでふいに編笠の侍が行く手を遮るように現れました」

「編笠の侍ですか」

「ええ、浪人ではないようでした。その侍が何者だときくので、ただの通りがかりの者だと答えました。かなりの腕のようです。そのうち、つけていた男が堀江町《ほりえちょう》の角を曲がって見えなくなると、ようやく侍はあっしから離れ、男のあとを追って行きました。そういうわけで、尾行に失敗しました」

「その侍に私も会ったことがあります」

「ほんとうですか」

「ええ。一度、私のあとをつけてきました」

栄次郎の素性を確かめようとしたのだ。

「あとをつけていたのはどんな男ですか」

「中肉中背の厳つい顔をしていました。三十歳ぐらいだったでしょうか」

「中肉中背の……」

いつぞや、空き家に忍び込み、その後、『おろち』に行き、裏口から出て行った男に似ている。いや、その男に間違いない。

「空き家に忍び込んでいた男に似ています」

栄次郎はそのときのことを話した。

「霞小僧と敵対する一味がいるのですね。どんな連中でしょうか」

新八が首を傾げる。

「同じ盗賊かもしれませんね」

いやっと、栄次郎はあることに思い至った。しかし、そのことを確かめる術《すべ》はない。

「何か」

新八がきいた。

「もしかしたら、空き家で殺された男は火盗改めの密偵だったかもしれません」

「火盗改めですって」

「ええ。もともと、霞小僧と名付けたのも火盗改めだそうです。火盗改めにとって霞小僧は宿敵のはず」

栄次郎は微かな不安を抱いた。

霞小僧が『美浜屋』に狙いを定めていることに気づいたとしたら、火盗改めはどう出るのか。

「新八さん。これから又蔵親分のところに行くのですね」

「ええ。場合によっては、又蔵親分とともに天木の旦那のところまで行くつもりです」

「では、火盗改めが動いていると知らせてくれますか」

「わかりました」

「空き家で殺された男は火盗改めの密偵ではなかったかとも」

「わかりました。では、これから行ってきます」

新八は立ち上がり、部屋を出て行った。

栄次郎は火盗改めが動いていることが確かなように思えた。

殺された男は、おなかの存在に気づき、ずっと見張っていた。おなかは蔵太郎を誘惑し、浜町堀の空き家に入ったのを見届け、さらに男は空き家に忍び込んだ。蔵太郎とおなかの会話を盗み聞きするためだ。

だが、霞小僧のほうでは火盗改めの密偵だと気づいていた。それで、空き家に忍び込んだ男を殺したのだ。

空き家には前もって霞小僧の人間が入り込んでいたのだ。それだけ、用心を重ねていたのだろう。

これまで、霞小僧が『美浜屋』への押込みに踏み切れなかったのは、火盗改めの動きを気にしていたからではないか。

もう心配ないと思い、いよいよ決行することにした。

一方、火盗改めは行方不明になった密偵を探していて、あの空き家にたどり着いたのだ。空き家に男女が出入りをしていることを耳にし、中肉中背の男は空き家を調べた。あの空き家に死体が隠されていると思ったのであろう。

死体はなかったが、血の痕があり、殺しがあったという考えに行き着いた。そして、おなかが『美浜屋』の蔵太郎に近付いていたことを知り、次の狙いが『美浜屋』だと悟ったのだ。

空き家で殺された男のことがあるので、火盗改めはその後、常にふたり一組で動いているのだ。

尾行はうまくいったのだろうか。明日、火盗改めに会ってみることも考えに入れた。

その夜、孫兵衛がやって来たので、霞小僧の仲間が『美浜屋』に現れたことを告げた。そのあとで、栄次郎は火盗改めが動いているらしいと話した。

「空き家で殺されたのは火盗改めの密偵だと思われます。きょう、『美浜屋』に現れた霞小僧の仲間をつけて行ったのも火盗改めではないかと」

「なに、火盗改めも『美浜屋』に目をつけたというのか」

孫兵衛は顔をしかめた。

「はい。こうなったら、火盗改めと手を組んで霞小僧と闘うべきではありませんか」

「いや、無理だ」

「無理？」

「火盗改めは自分たちでやると言うだろう。火付け盗賊の退治は自分たちの役目と考えている。火盗改めが主で、奉行所は従だ。おそらく、我らに手を引けと言うはずだ」

「…………」

「困ったことになった」

孫兵衛は渋い顔をした。

「このままでは霞小僧を逃がしてしまいかねません。なんとか火盗改めと折り合いをつけないと……。私が火盗改めの与力どのに会ってはいけませんか」

「だめだ、奴らは我らの言い分を聞くはずない」

「そうでしょうか」

そう決めつけているだけかもしれないと思ったが、これ以上は強く言えなかった。

栄次郎は奉行所の人間ではないのだ。

「よいか、ともかく、明日の夜は天木真二郎たちに『美浜屋』に入り込んで霞小僧を待ち伏せさせる。明日の朝、年寄同心に命じて、応援を出させる」

「私も『美浜屋』に潜り込みます」

「いや、あとは奉行所に任せてもらおう。ここまでで十分だ」

「………」

「栄次郎どの。安心して任せてもらいたい」

「わかりました」

奉行所としての面子《メンツ》の問題だ。ならば、引き下がらざるを得なかった。栄次郎には面子にこだわるのは愚にもつかないことだと思えても、孫兵衛には大きな問題なのであろう。それは火盗改めにも言えることだった。

なんとなく、しっくりしないまま、栄次郎は孫兵衛の前から引き下がった。


翌日の昼過ぎ、栄次郎は新八の案内で、堀江町四丁目の思案橋《しあんばし》の近くにある炭問屋の二階の小部屋に行った。

岡っ引きの又蔵がきょう一日、炭問屋の主人からこの部屋を借り受けたという。

部屋にはすでに天木真二郎と又蔵も来ていた。

「矢内どの、崎田さまからお聞きと思うが、今夜のことは奉行所の者だけで行なう。

そう心得てもらいたい」

天木真二郎が釘を刺すように言った。

「わかりました」

栄次郎は仕方なく答え、

「その代わり、ここで待機していても構わないでしょうか」

と、きいた。

「いや、ここは町方が待機のために使う。すまないが、あとは我らに任せてもらいたい」

天木真二郎は冷たく言う。

「わかりました。それから、火盗改めのことですが……」

栄次郎は話を移した。

「そのことですが、火盗改めの密偵をやっている男に、それとなくきいたら、軍次《ぐんじ》という男が半月ぐらい前から行方が知れないそうです。軍次は右の二の腕に般若《はんにゃ》の彫り物があるので、死体が見つかればそれが目印だということです」

又蔵が口をはさんだ。

「やはり、火盗改めの密偵でしたか。火盗改めも、霞小僧の狙いが『美浜屋』だと睨んでいると思います。今夜の件も、知っているかもしれません」

「心配ない。『美浜屋』に火盗改めはやって来てない。狙いが『美浜屋』だと思っても、決行がきょうだとは思っていないからだ」

天木真二郎はさらに、

「我らは『美浜屋』の中で霞小僧を待ち伏せる。応援の捕り方も、すでにこっそり『美浜屋』に入り込んでいる。火盗改めより先に行っている。それに、小者たちも客や行商人に化けて、『美浜屋』の周辺を探っている」

と言い、自信を見せた。

「そうですか」

栄次郎はこれ以上口出しする必要はないと思った。

夕方になって、別の同心がやって来て、部屋も狭くなった。

「では、ご健闘をお祈りしています」

栄次郎は挨拶をし、新八とともに梯子段を下りた。

浜町堀のほうに向かいながら、

「新八さん、せっかく手を貸してもらったのに出る幕がなくなってしまいました。お許しください」

「何を仰いますか。あっしのことは気にしないでください。でも、冷たいものですね。ここまで霞小僧を追い詰めたのは栄次郎さんなのに……」

「仕方ありません。面子がありますからね」

「面子ですか」

新八は苦笑したが、すぐ真顔になって、

「栄次郎さん、あっしが様子を探ってお知らせをします」

「そうですね。では、お秋さんの家で待っていますので知らせていただけますか」

「へい、わかりました」

新八と別れ、栄次郎は黒船町のお秋の家に向かった。

お秋の家で夕餉を馳走になり、二階の小部屋で新八の知らせを待つことにした。

夜なので三味線を弾くことを遠慮して、栄次郎は窓辺に立ち、秋の夜風を心地よく顔に受けた。

川辺の草むらから虫の音が聞こえる。

穏やかな気持ちでいたが、男が訪ねてくる約束の五つ半（午後九時）が近付くとだんだん落ち着かなくなった。

霞小僧の仲間の男が『美浜屋』を裏口から訪れることになっていた。そのために、蔵右衛門は裏口の鍵をかけないでおくはずだ。

そこから、霞小僧一味が庭に入り込む。そして、蔵右衛門と男が煙草入れのことで掛け合いをしている最中に部屋に忍び入り、自分の部屋にいる蔵太郎を匕首で脅して土蔵の鍵を出させる。

天木真二郎はどの時点で飛び出すのか。失敗は許されない。蔵右衛門と蔵太郎に怪我をさせてはならない。

五つ半をだいぶまわった。今頃、派手な闘いが繰り広げられているかもしれない。無事、霞小僧一味を一網打尽に出来るだろうか。

木戸番が拍子木を打つ音が聞こえてきた。四つ（午後十時）の見回りだ。『美浜屋』のほうはどうなったか、気になって落ち着かなくなった。

そのとき、梯子段を駆け上がってくる足音がした。

新八が息せき切って駆け込んできた。

「栄次郎さん」

新八は唾を飲み込んで、

「来ませんでした。霞小僧の一味の男は現れませんでした」

「現れない？」

そんなばかな、と思わず声を上げそうになったが、とっさに脳裏を掠めたのは火盗改めのことだった。

「四つ近くなっても、『美浜屋』は静かなままでした。裏口にひとが訪れた形跡はありませんでした。そしたら、裏口から天木の旦那が出て来たんです。敵に勘づかれたのに違いないと……」

「火盗改めです。煙草入れの件で『美浜屋』に現れた男は、あのあと火盗改めに捕まったのかもしれません」

「まさか、あの男を強引に捕まえたのでしょうか」

「わかりません。ただ、日にちをずらしたかもしれないので、念のために明日の夜も警戒するように天木さんにお伝え願えますか」

「わかりました」

捕まえたとして、男が白状したかどうか。栄次郎は火盗改めの動きに期待するしかないと思った。

二

翌日の昼前、幸兵衛が得意先に反物を届けて『山城屋』に帰ってくると、安太郎が待っていた。

客間に行くと、おようが安太郎の相手をしていた。

「すまなかった」

そう言いながら、幸兵衛はおようの横に座った。

「いや、こっちが勝手に待たせてもらったんだ」

「およう、ごくろうだった」

安太郎の相手をしていたおように声をかける。

「いえ。では、安太郎さん、ごゆるりと」

おようはにこやかな表情の安太郎に声をかけ、部屋を出て行った。

幸兵衛は耳を澄ませ、おようが立ち去ったのを確かめてから、改めて安太郎に目をやった。

「おかみさんには気づかれていないな」

おたかと向島まで行ったことを安太郎は言っているのだ。

「だいじょうぶ。ただ、芝居のことをあまり口にしないので、ちょっと心配したが、気づかれてはない」

「そうか」

頷いてから、安太郎は声をひそめて、

「おたかさんから、今度、いつ会えるか聞いて欲しいと言われた」

と、きいた。

「俺はいつでも」

幸兵衛は声を弾ませたが、すぐ真顔になって、

「いつも安太郎を介してのやりとりはまどろっこしい。家を教えてもらいたいと伝えてくれ」

「わかった。伝えておく」

「どうして、おたかは妻恋町の住まいを教えてくれないのだろう」

幸兵衛は不満そうに言う。

「それは言いづらいからだろう。こんな大きなお屋敷に引き換え、おたかさんは長屋に住んでいるんだ」

「長屋？」

幸兵衛はきき返した。

「知らなかったのか。古い長屋に住んでいる。だから、訪ねてこられるのが恥ずかしいのだ。だから、俺に頼むのだ」

「そうか。一軒家に住んでいるのかと思った」

「違う。ずいぶん切り詰めて暮らしている」

「女子の読み書きを教える指南所で働いていると言っていたが……」

「そうだ。だから、幸兵衛さんとのことは夢のようだと喜んでいた」

「そうか」

「で、いつ会える？」

「私はいつでもいい。今夜でも」

「じゃあ、今夜、『明月』でと伝えておこう」

「いつもすまないな」

「なあに。俺は幸兵衛さんの力になりたいだけだ」

安太郎は微笑んだ。

「おかげで助かっている」

「いや。ただ」

安太郎はちょっと暗い顔をした。

「なんだ？」

「うむ、おかみさんの顔を見るのが、だんだんつらくなってきた。申し訳ないような気持ちで、胸が痛む」

「そんなことは気にする必要はない。おようは私なんかなんとも思っていないのだ」

幸兵衛は顔をしかめた。

「どういうことだ？」

「おようはほんとうは他に好きな男がいたんだが、父親に反対されて、いやいや私を婿にしたんだ。だから、胸の底では私を見下《みくだ》している」

「そうは見えないが」

安太郎は首を傾げた。

「ほんとうだ。だから、おようのことは気にしないでいい」

「そうか」

「だから、おたかのことはおようにばれてもいいが、ただ親戚がうるさいからな」

「親戚というと？」

「亡くなった義父のふたりの弟が、小石川《こいしかわ》と牛込で古着屋をやっているんだ。この叔《お》父《じ》たちがうるさい」

幸兵衛は思わず顔をしかめた。

ときたま、店に顔を出しては、幸兵衛のやり方にいちいちけちをつける。およその間に子どもがいないので、叔父たちは自分の子に店を継がせようとしていることも気に食わない。

幸兵衛はそのことも正直に話した。

「そうか。苦労しているんだな」

安太郎は同情して、

「でも、そんな親戚に負けることはないさ。この店は幸兵衛さんのものだ。毅然とした態度で出ればいい」

「そうだな」

幸兵衛は元気が出て来た。

「ありがとう、安太郎」

「じゃあ、伝えておくから」

安太郎は立ち上がった。

「頼んだ」

廊下に出ると、およようがやって来た。

「あら、お帰りですか」

「ええ。また、今度ゆっくりお邪魔させていただきます」

安太郎が応じる。

「ええ。ぜひ、おたかさんとごいっしょに」

「わかりました」

安太郎はにこやかに微笑みながら答え、

「じつは、ちょっと商売のことで相談したいことがあるので、幸兵衛さんに今夜、本郷の店に来ていただくことになりました。申し訳ありませんが、幸兵衛さんをお借りします」

と、およように言った。

「そうですか。わかりました」

幸兵衛は安太郎を外まで見送り、

「いろいろ助かる」

と、礼を言った。

安太郎があのように言ってくれたので、出かけやすくなった。

「じゃあ」

安太郎は微笑みを残して去って行った。

居間に戻ると、およラがやって来て、

「おまえさんが安太郎さんのところに行ってくるのでしたら、私はちょっとお華の先生のところにご挨拶に行ってこようかしら」

「行ってきなさい」

幸兵衛は負い目からおようの望みを聞き入れる。

「では、そうさせていただきます」

おようはそう言って、居間から出て行った。

機嫌はよさそうだった。おたかと出会い、自分の態度の変化を悟られないか心配したが、おようはもともと幸兵衛に関心がないのか、あまり気にしていないようだった。

それはそれでちょっぴり寂しい気持ちもあったが、おたかとの関係を続ける上では好都合だった。

商売のほうは先代からのしっかり者の番頭がいるから安心だ。ただ、そろそろ暖簾分けをしてやらねばならない時期に来ている。

番頭に店を去られることが、今は一番の頭痛の種だった。

その夜、妻恋坂の途中にある『明月』で、幸兵衛はおたかと会った。

「今夜はだいじょうぶでした？」

おたかがきいた。

「安太郎のお蔭で出やすくなった」

「そうですか」

酒を酌み交わしながら、幸兵衛はおたかと震えるようなひとときを過ごした。

「安太郎はいつも私を立ててくれる。幼馴染みとはいいものだと、つくづく思う。自分を犠牲にしてまで、安太郎は私のために尽くしてくれる。ほんとうにありがたいことだと思っているが」

幸兵衛はそう言ってから、思い切って口にした。

「ほんとはおたかとの仲はどうなのだ？」

「どうなのだとは？」

「安太郎はやはり、おたかに思いを寄せているのではないか。でも、私のために、身を引いたのではないかと気になったのだ」

「そうだとしたら、どうなさるのですか」

おたかが逆にきいた。

「…………」

「そうだったら、私と別れるつもり？」

おたかはいたずらっぽく笑う。

「いや、もうそんなことは出来ない」

「だったら、もうそんなことはお考えにならないで」

「やはり、そうなのか」

幸兵衛は胸に堪えた。安太郎はそこまでして、この俺にために……。安太郎には、幼馴染みというのはそれほど大きな存在なのか。

「さあ、どうぞ」

おたかは酒を勧める。

「うむ」

杯を差し出す。

「もうじきね、名取のお披露目」

「そうだ。すっかり、忘れていた」

おたかへの思いで覆い尽くされ、頭の中から名取のお披露目のことはすっかり消えていた。

また、吉栄こと、栄次郎の三味線と合わせなければならない。

「何をお考えですか」

おたかが幸兵衛の顔を覗き込んできく。

「いや、なにも」

「そうですか」

「さあ、呑みなさい」

おたかにも酒を勧める。

「はい」

おたかの目の縁がほんのり赤くなり、ますます色っぽくなっていた。

「向島、楽しかったわ」

おたかが思い出して言う。

「うむ。私もだ。また、遠出をしよう。今度は飛鳥山《あすかやま》か御殿山《ごてんやま》のほうにでも」

「うれしい」

おたかは目を見張ってから、

「それより、どこかで一晩過ごしたいわ。でも、泊まり掛けなんて無理でしょうね」

幸兵衛は胸を弾ませた。

「いや、無理じゃない。申し訳ないが、安太郎に頼んでみよう。安太郎といっしょなら、うちの奴も納得するはずだ」

「ほんとう？　じゃあ、楽しみにしていいのね」

「もちろんだ」

酒がまわり、幸兵衛はすっかりいい気持ちになっていた。

五つ半（午後九時）をまわって、幸兵衛は『明月』を出た。

門は別々に出た。幸兵衛は坂を下り、明神下から池之端仲町に向かった。

「お帰りなさい」

帰宅すると、おようが出迎えた。

「あら、お酒の匂い」

「安太郎に勧められたんだ」

幸兵衛はまた嘘をつく。

「そう」

おようはそれ以上何も言わなかった。

翌日の昼前、幸兵衛は元鳥越町の吉右衛門師匠の家に行き、稽古をつけてもらった。

どういうわけか、きょうは声が出なかった。しばらく稽古を離れたつけがまわってきたのかもしれない。

「きょうはこれまでにしておきましょう」

吉右衛門が稽古を中断した。

「すみません。少し稽古を離れていたので」

声が出ない言い訳をした。

「何か、思いが他に向いているように思えますが」

吉右衛門が鋭く言う。

幸兵衛ははっとした。稽古中も、おたかのことが頭から離れないのだ。吉右衛門にそのことを見透かされた。

「こういうときに稽古をしても身になりません。またにしましょう」

「申し訳ありません」

幸兵衛は小さくなって吉右衛門の前から離れた。

外に出ると、辺りは薄暗くなっていた。空に黒い雲が張り出していた。ずっと秋晴れが続いていたが、天気が崩れるのだろうか。

師匠から無言の叱責を受けて、なんとなく気分が優れなかった。おたかに会いたいが、それより安太郎の顔を見たかった。

御徒町を過ぎて下谷広小路に出たとき、幸兵衛は本郷に行ってみようと思い立ち、池之端仲町をそのまま突っ切り、湯島切通しに出た。

そこから本郷に向かったものの、安太郎から詳しい店の場所どころか、店の名さえ聞いていなかったことに気づいた。

本郷四丁目にある酒問屋の店先に顔を出し、安太郎の名を出したが、主人の名は違うと言われた。

それから、本郷三丁目と二丁目にある酒問屋を訪ねたが、いずれも違った。菊坂台《きくさかだい》町《まち》や菊坂町まで行ってみる気にはならず、出直そうと思って引き返した。

加賀前田家《かがまえだけ》の脇を歩いていると、ぽつりぽつりと冷たいものが落ちてきた。幸兵衛は足を急がせた。

『山城屋』に帰りついたと同時に大粒の雨が降り出した。

「旦那さま、だいじょうぶでございましたか」

手代が手拭いを持って走ってきた。

「ありがとう。本降りになる前に着いた」

手拭いで、髪と肩の辺りを拭いて、幸兵衛は店の部屋に上がった。客が何人かいて、番頭や手代が応対をしている。

幸兵衛は奥に行き、羽織を脱ぐ。

「おようは？」

「お出かけでございます」

女中が答える。

「出かけた？」

「はい。すぐお戻りと仰っていましたが、まだのようでございます」

「おようは最近、よく出かけているようだが？」

幸兵衛はきく。

「はあ」

「おまえに聞いたとは言わないから安心しろ」

「はい。旦那さまがお出かけになったあと、内儀さんが急に用事が出来たからと

「……」

「用事？」

「はい」

　女中は困ったような顔をした。

「まあ、いい」

　どんな用事だかわからないが、およう が勝手に外出しているのは幸いだ。おように対する負い目も薄らぐというものだ。

　おようが上機嫌で帰ってきたのは、それから四半刻後だった。

「すっかり、遅くなってしまったわ。おはまさんたら、なかなか帰してくれないんですもの」

　おようはしらじらしく言った。

「そうか、それはたいへんだった」

　幸兵衛はなぐさめるように言った。しつこく問いたださなければ、かえっておようはこっちに対して負い目を持つだろう。だが、泊まりのことを言い出すのは、まだ早い。安太郎と相談してからだ。

「じゃあ、お店に出ているから」

　幸兵衛はおように言い、店に出た。店は相変わらず客が入り、盛況を呈している。満足げに、店内を見回しながら、ふいに吉右衛門師匠の顔が脳裏を掠めた。おたかのことにかまけて、『汐汲』の稽古が疎《おろそ》かになっていたことを反省した。

三

翌日の昼過ぎ、栄次郎は深川の十万坪《じゆうまんつぼ》に新八とともに駆けつけた。一橋家の下屋敷の東に広がる広大な埋立地で、荒涼たる風景が広がっている。

数人の男たちが集まっているところに行くと、白骨が目立つ男の亡骸《なきがら》が横たわっていた。すでに天木真二郎と又蔵がやって来ていた。

「野犬が掘り返し、烏《からす》がこの周辺に集まっていたので一橋さまの奉公人が様子を見に来て、死体を見つけたそうです」

又蔵が説明した。

身元不明の死体が見つかったら、天木真二郎に届けるように行き渡っていたので、すぐ知らせが入ったという。

「二の腕に般若の彫り物が認められる。おそらく、火盗改めの密偵の軍次に間違いないだろうが、いちおう確かめてもらわんとな」

天木真二郎が苦い顔で言う。

きのう、又蔵がお秋の家に栄次郎を訪ねてきた。奉行所から火盗改めに確かめた返事を、又蔵が知らせに来てくれたのだ。

「やっぱり、矢内さんの考えが当たっていました。火盗改めが『美浜屋』を脅しにきた男を捕まえたそうです。拷問にかけていますが、いまだに口を割らないそうです。火盗改めがよけいな真似をしなければ、霞小僧一味を捕まえることができたのです」

又蔵は悔しそうに言った。

「名前はわかったのですか」

「いえ、一切口をきかないそうです。何でも拷問にかければすぐ解決すると思っているから、こんなへまをするんだ」

又蔵は火盗改めに怒りをぶつけた。その怒りは、天木真二郎も同じだ。だから、死体の身元を確かめに来る火盗改めに顔をしかめてみせたのだ。

栄次郎は死体の周辺を調べた。やはり、煙草入れはなかった。死体といっしょに埋めたわけではなかったようだ。少し離れたところに何か落ちていた。栄次郎は拾った。般若の根付だ。死体との関係はわからない。

ようやく、火盗改めがやって来た。

「火盗改め与力の山藤兵庫でござる。死体を改めさせていただく」

兵庫が脇にいた男に目配せをした。厳つい顔の男は空き家に忍んでいた男に間違いなかった。

男は兵庫の耳許で何事か囁いた。

兵庫は眉根を寄せて聞いてから、天木真二郎に顔を向けた。

「この男は我らの知らない男だ」

「知らないですって？　死体の腐敗具合からして、七月十一日に浜町堀の空き家で殺された男ではありませんか」

「そのようなことは知らぬ」

「二の腕に般若の彫り物があります。火盗改めの密偵の軍次じゃありませんか」

「般若の彫り物をしている男など、何人もいよう。では、あとは任せた」

兵庫は厳つい顔の男に声をかけて、そこを立ち去ろうとした。

「お待ちください」

栄次郎は呼び止めた。

「何か」

兵庫が振り返る。

「山藤さまは私を覚えておいでですか」

「いや、知らぬな」

「一度、お会いしました。そのとき、山藤さまは編笠をかぶっておられましたが」

「誰かと間違えているようだな」

「思い出しませんか。私のあとをつけてきました。湯島聖堂のそばであなたとお話ししました」

「知らぬな」

「まだ、思い出していただけませんか。こちらの方が浜町堀の空き家に忍び、そのあとで伊勢町河岸の『おろち』に行ったときのことですよ」

栄次郎は厳つい顔の男を見た。

「何のことか、あっしにはさっぱり」

男は口許に冷笑を浮かべた。

「最初に『おろち』に顔を出したとき、ご亭主におなかという女の情夫のことを訊ねたではありませんか」

「知らねえ」

「顎の長い男に言われ、その日は『おろち』の裏口から引き上げました。あなたのお仲間に、顎の長い男がいますね」

「…………」

「どうなんですか」

「勘違いされてはいい迷惑」

兵庫はあくまでもしらを切り通す。

「ところで、なぜ、『美浜屋』に目をつけていたのですか」

「すまぬが、そなたと遊んでいる暇はない」

兵庫は行こうとした。

「なぜ、『美浜屋』に現れた男を捕まえたのですか。尾行して隠れ家を突き止めるべきだったのではありませんか」

「奴は用心深かった。逃げられる恐れがあったのだ」

「気づかれたのですね。尾行に失敗した？」

「そなた、我らに喧嘩を売ろうとしているのか」

兵庫が気色《けしき》ばんだ。

「いえ、あなた方の失敗を責めているだけです」

「なに」

「矢内どの」

天木真二郎が割って入った。

「失礼いたしました。この者には私からよく言い聞かせておきます」

「天木さま、このひとたちに頭を下げる必要はありませんよ。この死体は空き家で殺された男です。密偵の軍次に間違いありません。この根付が証《あかし》です」

栄次郎は般若の根付を兵庫に見せた。

「…………」

「これは、霞小僧の一味が蔵太郎から取り上げた煙草入れについていたものです。空き家から死体を運んでここに捨てるとき、わざと根付を引きちぎって死体に握らせておいたのです。あとで、『美浜屋』を脅すために」

「…………」

兵庫は口を真一文字に結んでいる。

「仲間が死んでいたかどうかを確かめるだけで、自分の仲間であることを知りながら亡骸の引き取りを拒否する。こんな非情なひとたちに江戸の町を守れるわけはありません」

栄次郎は激しく言い、

「天木さま。この亡骸のひとは、霞小僧をひとりで追っていて犠牲になったのです。

奉行所で手厚く葬ってあげてくださいませぬか」

「待て」

兵庫がやっと口を開いた。

「俺の負けだ」

「……………」

栄次郎は用心深く、兵庫を見つめる。

「確かに、この男は我らの密偵だ。霞小僧を追っていた。『おろち』のおなかという女に目をつけてひとりで動いていた。ところが、ある日を境に、姿が消えた。ほぼ同時におなかも『おろち』をやめて行った。それで調べ、あの空き家の噂を聞いたのだ」

兵庫は正直に話しているようだ。

「そなたのあとをつけたのは、そなたが霞小僧の仲間だと思ったからだ。だが、そなたと話していて、違うと思った」

「なぜ、『美浜屋』に現れた男を捕まえたのですか」

「あっしが尾行に失敗をしたんです。姿を見失ったと思ったら、いきなり背後から襲われ、危ないところに山藤さまが駆けつけてくれたんです」

「あのまま逃がしても、もう霞小僧は『美浜屋』を警戒して襲わないだろう。だから、もう捕まえるしかなかったのだ」

「で、男は口を割らないそうですね」

「しぶとい。一切口をきこうとせぬ」

「そうですか」

「だが、まだ終わったわけではない。必ず、口を割らす」

「もし、何かわかったら、天木さまのほうにも知らせていただけますか」

「いいだろう」

兵庫は約束してから、

「だが、これで霞小僧は当面動くまい。せっかく、一網打尽にするいい機会であったが、無念だ」

「いえ。これでよかったのかもしれません。もし、霞小僧を『美浜屋』に引き入れていたら、『美浜屋』のひとたちに危険が及んだかもしれません。これで、二度と霞小僧は『美浜屋』を襲わないでしょうから」

「そうよな。そう言ってもらうと、我らも少しは救われる」

兵庫は言ってから。

「この亡骸、我らで手厚く葬る。これまで、火盗改めのために役立ってくれた男なのだ」

「そうですか」

栄次郎はほっとして、

「最前のご無礼の数々、どうぞお許しください」

「いや、なかなかの迫力であった。まだ、若いのにたいしたものだ」

「それから、ひとつ謝らなければならないことが……」

「般若の根付のことであろう」

「えっ、ご存じで？」

「うむ。その根付はわしがこの男に上げたものだ。二の腕に般若の彫り物をしているほど、般若が好きだというのでな」

「じゃあ、私の嘘を見抜いていながら……」

栄次郎は啞然とした。

「その根付を見せられ、胸が痛んだのだ。あのまま、引き上げていたら、わしは後悔していたに違いない。改めて、礼を申す」

兵庫は頭を下げた。

「とんでもない」

栄次郎は恐縮した。

「改めて、亡骸を引き取りにくるよう手配する」

そう言い、兵庫は手下の男といっしょに引き上げて行った。

その後ろ姿が遠ざかってから、

「一時はどうなることかと思いましたぜ」

と、又蔵が感嘆したように言う。

「まさか、あの根付が山藤さまが上げたものだとは思いもしませんでした」

栄次郎は改めて山藤兵庫を見直した思いだった。

「これで霞小僧はしばらく動かないだろうな」

天木真二郎が無念そうに言い、

「あとは火盗改めが捕まえた男の口を割らすことが出来るかだが……」

「そうですね」

栄次郎はそれも難しいような気がした。

栄次郎は十万坪から引き揚げ、永代橋《えいたいばし》を渡り、小網町にある海産物問屋『美浜屋』

にやって来た。

すぐ客間に通され、蔵右衛門と蔵太郎のふたりを前に、栄次郎は口を開いた。

「空き家で殺された男の亡骸が深川の十万坪で発見されました。もちろん、蔵太郎さんの煙草入れは見つかりませんでした」

「では、煙草入れはどこに？」

蔵太郎は不安そうにきいた。

「おそらく、隠れ家にでも置いてあるのでしょう」

「そうですか」

「殺された男は何者ですか」

蔵右衛門がきいた。

「火盗改めの密偵で軍次という男です。おそらく、おなかに目をつけ、おなかをずっと見張っていたのでしょう。おなかが蔵太郎さんといっしょに空き家に入ったのを見て、軍次もあとから忍んだ。ところが、空き家には霞小僧の仲間がいたのです」

「そういうことでしたか」

「それから、ここにやって来た霞小僧の一味の男は、火盗改めに捕まり、取り調べを受けています。口を割るかどうかわかりませんが、もはや霞小僧が『美浜屋』を狙うことはないはずです」

「それをお伺いし、安心しました」

蔵右衛門は安堵の色を見せた。

「煙草入れはいずれどこかから見つかるかもしれませんが、失くしたということは奉行所でもわかっていますから、どこから出て来ても心配いりません」

「はい、ありがとうございました」

蔵太郎は深々と頭を下げた。

「どうぞ、崎田さまによろしくお伝えください。これ、多少ですが、このたびのお礼の標《しるし》でございます」

蔵右衛門が懐紙に包んだものを差し出した。

「いえ、私は崎田さまから頼まれてしたこと。お礼などいただくわけには参りません。どうぞ、お気遣いは無用に」

栄次郎は『美浜屋』を出て、浅草黒船町のお秋の家に行った。

土間に入ると、お秋が出て来て、

「栄次郎さん、幸兵衛さんが二階でお待ちよ」

と、知らせた。

「わかりました」

栄次郎は梯子段を上がって二階の小部屋に行く。

「幸兵衛さん、いらっしゃったのですか」

栄次郎は声をかける。

「すみません。勝手に待たせていただきました」

幸兵衛の前にある湯飲みが空になっていて、だいぶ待ったのではないかと思った。

「私もそろそろ幸兵衛さんをお訪ねしようとしていたのです。まだ、一度しか合わせていませんので」

「はい。きのう、久しぶりに吉右衛門師匠に稽古をつけていただいたのですが、思うように声が出ず、稽古を打ち切られました」

「何かあったのですか」

栄次郎はきいた。

「何かとは?」

「何か気にかかることでもおありなのかと。じつは、私も何度か師匠から稽古を打ち切られたことがあります。気にかかることがあって、稽古に専心できていないと師匠は稽古をしてくれません」

「…………」

「他のことに気をとられているかどうか、師匠は三味線の音や唄う声を聞いただけでわかるようです」

「そのようですね」

幸兵衛は苦笑した。

幸兵衛の表情は明るく、屈託《くったく》を抱えているようには思えなかった。

「では、はじめましょうか」

「はい」

幸兵衛は懐から唄の文句を書いた紙を取り出した。黒字の詞の脇に、ところどころ自分で加えた節回しのこつが朱で記されている。

栄次郎は三味線を抱え、撥を手にした。

『汐汲』の前弾きから、幸兵衛が唄いだす。やはり、ところどころ、幸兵衛はほかのことに気が散っている感じがした。

「幸兵衛さん。やっぱり、心が離れています」

栄次郎は正直に告げた。

「そうですか」

幸兵衛はため息をついた。

「いけません、気をつけているのですが」

「どうやら、悩みがあるのではなく、逆のようですね」

「そう見えますか」

幸兵衛はきき返す。

「ええ。心が躍るようなことがおありなのではありませんか」

「いえ、そうでもありませんが」

幸兵衛は曖昧に答えた。

「いつぞや、お店にお伺いしたとき、幼馴染みの御方と偶然に再会されましたね。微笑みを絶やさない御方のようでした」

「ええ、安太郎です」

幸兵衛は頷いて言う。

「安太郎さんと仰るのですか。その後も、おつきあいは続けていらっしゃるのですか」

「ええ。やはり、幼馴染みはいいものです。子どもの頃の関係がそのまま続いています」

「子どもの頃の関係ですか」

「安太郎とは同い年でしたが、私を兄のように慕っていました。昔から、にこやかな表情で、安太郎が怒ったところを見たことがありません。いやな顔ひとつせず、私の使い走りをしてくれて。小遣いを使い込んでしまったときに、安太郎は自分が悪役になって私をかばってくれたこともありました。あの頃から、私の笑顔を見るのが一番うれしいと言ってくれました。それは今でも変わりありません」

「今でも、ですか」

「ええ、私のためにいろんなことをしてくれます」

「そうですか。なかなか、そんな友人はいないでしょうね。まるで、主従のようですね」

栄次郎は驚きを隠さずに言う。

「そういえば、そうですね。でも、そんなことはまったくないんですがねえ」

幸兵衛は苦笑したが、すぐ気がついたように、

「安太郎に何か」

と、きいた。

「いえ、安太郎さんの恵比寿さまのような笑顔が心に残っていましたので」

「そうですね。あの笑顔はなかなかのものですから」

幸兵衛は答えて、

「そろそろお店に帰らないといけません」

と、帰り支度をはじめた。

「そうですか。では、また近々、合わせましょう」

「お願いします」

幸兵衛が引き上げた。やはり、幸兵衛は唄に身が入っていないと思った。幸兵衛は今、他に思いを向けるものがあるようだ。それがなんなのか、栄次郎にはわからなかった。

四

黒船町から池之端仲町までやって来た。幸兵衛が『山城屋』に向かおうとすると、ちょうど安太郎が店から出て来た。

「安太郎じゃないか」

　幸兵衛は近付いて行った。

「よかった。今、行ったら出かけているというので出直すところだった」

「それはすまなかった。さあ、戻ろう」

「いや」

　安太郎は首を横に振り、

「すぐ終わることだ」

と言い、不忍池のほうに向かった。

池の辺《ほとり》の人気《ひとけ》ない場所に来てから、安太郎が立ち止まった。

「なんだね」

　幸兵衛はきく。

「おたかさんのことだ。じつは、おたかさんから頼まれたんだ。幸兵衛と一晩泊まりで、どこかに行きたい。なんとか時間が出来るようにしてくれないかと頼まれたんだ」

「おたかがそんなことを……」

「うむ。どうして、幸兵衛さんと一晩過ごしたいというのだ。そんなわがままを言わないほうがいいと窘《たしな》めたのだが、どうしてもと」

「そうか」

おたかの気持ちがうれしかった。

「俺もそうしたくて、安太郎に頼もうと思っていたのだ」

幸兵衛は言い、

「何か、いい手立てはあるか」

と、安太郎の顔を見た。

「あるよ」

安太郎は微笑んだ。

「ほんとうか」

「うむ。俺のふた親の法事を深川の寺で行なう。その法事に参列するというのはどうだ？」

「法事か。そいつはいい、いつなのだ？」

「いや、法事といっても、お寺でお経を上げてもらうだけだ。だから、いつでもいい。その日に合わせるから」

「俺のために、そこまで」

幸兵衛は感激した。

「安太郎、すまない」

「よせよ」

安太郎はにこやかに言い、

「法事に出て、その夜は俺の家に泊まることになったと、おかみさんに言えばいい。どうだ？」

「それなら、何の心配もない」

「よし。さっそく、明後日の夜はどうだ？」

「明後日だな。おたかはだいじょうぶか」

「明後日ならだいじょうぶだと言っていた」

「よし、帰ったら、おように話す」

「俺も、おたかさんに話しておく」

幸兵衛は安太郎と別れ、『山城屋』に帰った。

その夜、夕餉を終えたあと、居間でおように切り出した。

「安太郎から、ふた親の法事に参列してくれないかと頼まれたんだ」

「法事？」

「安太郎のふた親には子どもの頃、ずいぶん世話になったからな。行ってやろうと思う」

「そうね、いいことだわ。ぜひ、そうなさいましな」

「ああ、そうしよう。そのとき、安太郎が家に泊まってくれないかと言うんだ。夜通し、酒を呑みながら語り明かしたいと」

「まあ。でも、男同士の友情っていいものね」

「うむ」

「じゃあ。明後日はお泊まりになるのね」

「そういうことになる」

「わかったわ」

およう は素直に応じた。

「いいのか」

「いいもわるいも、安太郎さんの親の法事だったら、ぜひ参列するべきよ」

「そうだな」

「じゃあ」

およう が表情を輝かせた。

「久しぶりに、牛込の叔母さんのところに行ってこようかしら。前々から、泊まり掛けで来ないかと誘われていたの」

「………」

「ほんとうは、おまえさんもいっしょにと言われていたけど、おまえさんは、あの叔父が嫌いなんでしょう？」

「嫌いではないが、苦手だ」

常に養子という目でしか、幸兵衛を見ないのだ。おようを泣かすようなことがあったら、即座に追い出すと言って憚《はばか》らない。そんな叔父に親しめるわけはない。

「行くのはいいけど、俺の悪口をさんざん聞かされてくるのではないか」

幸兵衛は顔をしかめた。

「おまえさんの僻《ひが》みよ。叔父さんも叔母さんもいいひとよ。おまえさんがいやなら、よすけど」

「いや、そうじゃない。行ってくるといい」

幸兵衛はあわてて言う。その夜、おようも外泊してもらったほうが気が楽だ。叔父と叔母は、「なぜ幸兵衛は来ないのだ」と詰《なじ》るに決まっている。それでも、家にいないほうが負い目が薄らぐ。

「じゃあ。そうさせてもらうわ」
およう は笑みを湛《たた》えた。

翌日の昼間、幸兵衛は妻恋坂の途中にある『明月』の門をくぐった。

おたかが先に来て待っていた。

「ごめんなさい。急に呼び出したりして」

「いや、構わないよ」

幸兵衛はおたかのそばに行き、肩を引き寄せた。

「女中さんが来るわ」

おたかが幸兵衛の胸に手を当てて言う。

「お楽しみは明日」

「そうだな」

幸兵衛は明日はたくさん時間があるのだと思わず口許を綻《ほころ》ばせた。

「で、明日の予定だが」

幸兵衛が切り出そうとする前に、

「おかみさんはだいじょうぶなの？」

と、きいた。

「うちの奴は、親戚の家に遊びに行くことになった」

「えっ、ほんとう？」

「そうだ。だから、心配いらない」

「じゃあ、家にいないの？」

「いない」

「そう」

おたかが俯《うつむ》いて考え込んでいる。

「どうした？」

「お願いがあるの」

いきなり、おたかが顔を上げた。

「なんだね」

「私、幸兵衛さんの部屋で一晩休みたい」

「えっ？」

思いがけない要求だった。

「一度でいいから、幸兵衛さんのおかみさんの気分になってみたいの。ねえ、家に邪魔しちゃだめ?」

「だって、奉公人がいるんだ」

「でも、部屋は離れているんでしょう。夜遅くにこっそり入れば気づかれなくて?」

おたかはせがんだ。

「幸兵衛さん、お願い。私を一晩だけでもおかみさんにして」

「おたか」

幸兵衛はおたかがいじらしくなった。

確かに、おようは叔母のところに行く。おようが外泊することは滅多にあるわけではない。

夜遅く、裏口から引き入れたら誰にも気づかれない。番頭の部屋は店のほうだし、奉公人は二階に住んでいる。

女中だって、夜は寝間までやって来ない。問題は朝だ。

「明け方前に、出て行きます。だから、お願い」

「わかった。なんとかしよう」

幸兵衛はおたかの肩を抱き寄せて言った。

幸兵衛は店に戻った。

客間に行くと、安太郎がおようと話していた。

「今、おかみさんに明日の法事のことを話していたところだ」

安太郎が幸兵衛に言ってから、

「おかみさん、幸兵衛さんを明日一晩お借りします」

と、おように言う。

「わかりました。私も、牛込の叔母に呼ばれていますので一晩泊まりで出かけてきます」

「そうですか。では、おふたりとも不在に」

「そうなるな」

幸兵衛は応じる。

「では、私は」

おようが客間から出て行った。

幸兵衛は廊下の様子を窺ってから、

「おたかがこの家に泊まりたいと言い出した」

と、声をひそめて言った。

「この家に？」

「そうなんだ。だから、おたかの希望を叶えてやりたい。夜、遅くにここに引き入れるつもりだ」

「奉公人に気づかれないか」

「それは心配ない。裏口は五つ半（午後九時）に、番頭が戸締まりを確かめる。それ以降、そこからおたかを引き入れる」

「なるほど」

幸兵衛は最初は無謀だと思ったが、だんだん興奮してきた。この家で、おたかと一晩を過ごす。思っただけでも、心が躍った。

「だから、明日の夜は予定が変わったと言って、家に帰ってくる。あとで、そう口裏を合わせてくれ」

「わかった」

安太郎は請け合ったあと、

「じゃあ、うまくいくことを願っている」

と言って、立ち上がった。

翌日の昼過ぎ、おようが牛込に向かって駕籠で出立した。

夕方になって、幸兵衛は、

「予定が変わって、五つ半ごろに帰ると思う」

と、番頭に告げて店を出た。

幸兵衛が向かったのは妻恋坂の途中にある『明月』だった。ここで夕餉をとりながらゆっくり過ごし、そのあと『山城屋』に戻るつもりだった。

『明月』の奥の部屋に行くと、すでにおたかが来ていた。

「早かったね」

「ええ、待ちきれなくて」

おたかが立ち上がって、幸兵衛の胸に顔を埋め、

「きょうはうれしいわ。幸兵衛さんのおかみさんになったみたい」

と、甘えるように言う。

「失礼します」

廊下で声が聞こえ、あわてておたかは離れた。

襖が開いて、女将が入って来た。幸三郎は床の間を背に座って、女将の挨拶を受けた。

続けて、女中が酒を運んできた。

「では、ごゆるりと」

女将と女中が去って、再びふたりきりになった。

酒を酌み交わしながら、幸兵衛は夢のような仕合わせを感じていた。思えば、安太郎と偶然に再会したことからはじまったのだ。もっとも、安太郎がおたかを連れていなければ、このような日はこなかった。

「はじめての出会いから、そんなに日が経っていないのに、もう何年もいっしょにいるような気がする」

杯を持ったまま、幸兵衛はしみじみと言う。

「私も」

おたかも目を潤ませて言う。目の縁をほんのり染めたおたかは切れ長の目を流し目にして、幸兵衛の心を鷲掴《わしづか》みするように見て、

「今夜のことも、なるべくしてなったような気がします。きっと、こうなる定めだったのですね」

「ほんとうに、そう思ってくれるか」

「はい」

「うれしいよ」

幸兵衛は微笑みかけると、おたかも微笑み返した。微笑みから安太郎のことを思い出した。

幸兵衛とおたかがお互いに一目惚れのように惹かれあったとしても、安太郎がいなかったら、ここまで急速にふたりの仲は縮まらなかったに違いない。

その後、酒はほどほどにし、料理に箸をつけ、五つ半（午後九時）近くなって、先に幸兵衛は『明月』を出た。

武家地を歩いている途中で、おたかを乗せた駕籠が幸兵衛を追い抜いて行った。幸兵衛は足早になって、池之端仲町への境に着いた。

そこに、おたかが待っていた。

「さあ、行こうか」

「なんだか、怖いわ」

おたかが怯えた。

「心配いらない。さあ、おいで」

幸兵衛はおたかの手をとり、『山城屋』の裏口まで連れて行った。

「ここで待っているんだ。すぐ、開けるから」

「はい」

幸兵衛は表にまわり、潜り戸を叩いた。

「私だ」

覗き窓が開き、それから戸が開いた。

幸兵衛は中に入った。

「お帰りなさいませ」

番頭が迎えた。

「何か変わったことは？」

「いえ、ございません」

「およりも出かけたままだな」

「はい。女将さんのお帰りは明日の昼過ぎだと伺っております。旦那さま、ではこれを」

番頭は土蔵の鍵を寄越した。

土蔵の鍵は幸兵衛が保管し、朝番頭に渡し、夜返してもらうことになっていた。そのまま外泊していれば、番頭が今夜一晩預かるところだが、幸兵衛が帰ってきたので返したのだ。

「うむ。私はもう寝るから。何かあっても起こさないように」

「はい」

幸兵衛は奥に向かい、気配に気づいて出て来た女中に、

「私はもう寝るから。何かあっても起こさないように」

と、番頭と同じことを言って部屋に入った。

寝間に入り、いつもの場所に鍵を仕舞い、それから廊下に出た。雨戸を開け、庭下駄を履いて、裏口に向かう。真っ暗な庭をつっきり、裏口にたどり着く。

閂を外し、戸を開けた。おたかが入ってきていきなり幸兵衛にしがみついた。

「ひとりで、怖かったの」

「もう、だいじょうぶだよ」

なだめるが、おたかはなかなか離れようとしなかった。しばらく、肩を抱きしめ、ようやく落ち着いてきた。

「ごめんなさい」

おたかは幸兵衛の胸から顔を離して謝った。

「いや、あんな人気のない暗がりにひとりにさせられたら、誰だって心細くなる。さあ、部屋に行こう」

幸兵衛は裏口を閉め、閂をかった。

五

おたかを部屋に上げた。きょろきょろ部屋の中を見回していたが、だんだんおたかは落ち着いてきたようだった。

「酒なら、寝酒に呑むものがある」

「じゃあ、少しだけいただこうかしら」

幸兵衛は徳利と湯呑みをふたつ持ってきた。

「私が」

おたかが徳利を受け取り、湯呑みに酒を注いだ。

「とうとう来てしまったのね」

湯呑みを口まで運んで、おたかは呟くように言い、不安を払うように酒を呷《あお》った。

「気にすることはない。うちの奴とは表面上は穏やかでも、内実は冷えているんだ」

「ええ。それでも……」

おたかはすまなそうに言う。

「さあ、向こうに行こう」

寝間に誘ったが、おたかは腰を上げようとしなかった、

「もう少し、お話ししたいの」

夜は長い。そう思い、幸兵衛も新たに酒を湯呑みに注いだ。

「どうして、おかみさんと所帯を持ったの？」

おたかがきく。

「先代も長唄を習っていてね。それで、気に入られたんだ。おようは父親の言うことには逆らえないほうだったから」

幸兵衛はおようの婿になれるだけで有頂天になった。おようは冷たい顔つきだが、その美しさは際だっていた。

婿に入った当初は仕合わせを感じていた。自分ほど恵まれた男はいないと思った。だが、先代が亡くなってから、おようは変わった。

表面的には変わっていないが、幸兵衛を見下すようになっていた。それは叔父たちの影響もあるかもしれない。

長唄の師匠のところに通っていることが気に入らないのか、ふたりいる叔父は共に幸兵衛にきつく当たった。

もともと、ふたりの弟は兄である先代に頭が上がらなかったらしい。だから、先代に気に入られていた幸兵衛が気に食わないのかもしれない。

「いやな叔父ね」

おたかは同情するように言う。

「きょうも、叔父や叔母は私の悪口を言って盛り上がっていることだろうよ」

幸兵衛は蔑《さげす》んで言い、

「よそう、こんな話。気分が悪くなるだけだ」

「ごめんなさい。私がよけいなことをきいて」

「そんなことはない」

幸兵衛は真顔になって、

「いやなことも、おたかのおかげで癒されるんだ」

「少しでもお役に立てたらうれしいわ」

おたかは微笑んでから、

「何刻かしら」

と、時を気にした。

「もう四つ（午後十時）はまわったろう。さあ、そろそろ」

幸兵衛は寝間に誘った。

「はい」

おたかは頷いたあと、あらっと耳をそばだてた。

「どうした？」

「何か物音がしなかった？」

「物音だって。いや、気づかなかったが」

「もしかして、番頭さんか女中さんが様子を見に来たんじゃないかしら」

「そんなことあるものか」

幸兵衛は打ち消した。

「そうね」

「さあ」

「はい」

おたかは立ち上がった。

幸兵衛は先に寝間に行き、ふとんに入った。枕元に有明行燈《ありあけあんどん》が灯っている。

がたっと音がした。

「おたか。どうした？」

幸兵衛は半身を起こした。

「幸兵衛さん」

おたかの声が震えを帯びていた。

急に不安になって、幸兵衛は飛び起き、隣りの部屋に行った。

幸兵衛は目を疑い、息が詰まりそうになった。黒い布で頬被りをした三人の男が立っていた。そのうちのひとりが背後から長襦袢姿のおたかを押さえつけ、喉元に匕首を突きつけていた。

「なんだ、おまえたち」

幸兵衛は喉にひっかかったような声を出した。

「静かにしないと、この女の命はない」

おたかを押さえつけている男の後ろから、恰幅のよい男が前に出て来て鋭い声で言う。頬被りから覗く眼光は鋭い。四十前後のようだ。

「いや、やめて」

おたかが騒ぐ。

「やめろ。離せ」

幸兵衛は低く叫ぶ。

頭目らしい恰幅のよい男が落ち着いた声で、

「土蔵の鍵を出してもらおう」

と、迫った。

「……………」

幸兵衛は足がすくんだ。

「早くするのだ」

「ここにない。番頭だ。番頭が持っている」

幸兵衛はとっさに嘘をついた。

「出さないのか」

頭目と思われる恰幅のよい男は、おたかを取り押さえている男に目顔で何か言った。

男は頷き、おたかを頭目の男に渡し、すかさず幸兵衛の胸倉を摑んで足払いをした。

幸兵衛は倒れ、匕首を突きつけられた。

「鍵を出せ」

もう一度、頭目が言う。

「番頭だ」

幸兵衛は喘ぎながら言う。

「そうか。なら、この女にきこう」

そう言い、頭目はおたかを寝間に連れ込んだ。

「なにするんだ」

幸兵衛が寝間に行こうとしたが、体を押さえつけられ、身じろぎ出来ない。

「いや」

おたかの悲鳴が聞こえた。

「幸兵衛さん、助けて」

「おとなしくしろ」

「やめてくれ」

幸兵衛は泣きそうな声で訴えた。

「いや、やめて」

おたかが足をばたつかせているのがわかる。

「女が犯されるのを見ろ」

男が幸兵衛を寝間の敷居のところまで引きずった。

幸兵衛はおそるそおる寝間を見た。暗がりの中に、おたかの白い裸身が目に飛び込んだ。幸兵衛は五体が引きちぎられそうになった。

「待ってくれ。今、出す。出すから待ってくれ」

幸兵衛は叫んだ。

おたかにおおいかぶさっていた頭目が顔を向けた。

「早く出せ」

「待ってくれ」

幸兵衛は立ち上がったが、膝が震えてうまく立てない。よろけながら、寝間に入る。おたかが襦袢を胸に抱えながらふとんの上で震えている。

幸兵衛はおたかの顔を見てから、床の間にかかっている掛け軸をよけた。さらに壁をずらすと、小さな空間があった。

幸兵衛はそこに手を伸ばし、鍵を摑んだ。

「寄越せ」

頭目が鍵をひったくった。

幸兵衛はその場にくずおれた。

「行って来い」

頭目は手下に鍵を渡した。

ふたりが部屋を出て行った。

「安心しろ。金が手に入れば女に乱暴はしねえ」

頭目が不気味な声で言う。

四半刻も経たずに、ひとりが戻って来た。

「終わりました」

「よし」

頭目はおたかから離れた。

土蔵の鍵を幸兵衛の目の前に置き、

「邪魔したな」

と言い、頭目は部屋から出て行った。

静かになった。嵐は去ったが、幸兵衛は立ち上がれなかった。頭が混乱していて、何が起こったのかさえ、思い出せない。

衣擦れの音がして、幸兵衛ははっと我に返った。いつの間にか、おたかが着替えていた。幸兵衛は不思議な思いでおたかを見ていた。

が、おたかが寝間を出て行こうとしたのを見て、はっと我に返った。

「おたか」

「やめて」

おたかは幸兵衛の手を振り払った。

幸兵衛は啞然とした。

「おたか……」

「私より、お金のほうが大事だったのね」

「違う」

「じゃあ、どうしてすぐ助けてくれなかったの？」

「助けたいから鍵を出したのではないか」

「遅いわ」

おたかは吐き捨て、

「帰ります」

と、廊下に向かった。

「待て。こんな夜中にどこへ行くんだ？」

「あなたといっしょにいるよりましよ。もう、会わないわ。二度と私の前に現れないで」

「…………」

幸兵衛は愕然とした。

おたかは庭に出た。幸兵衛は追いかける気力を失っていた。どのくらい時間が経ったのかさえもわからなかった。

幸兵衛はそのまま固まったように動けなかった。およう を裏切った罰が当たったのだ。

幸兵衛はこのまま自分が壊れていくような気がした。おようを裏切った罰が当たったのだ。およう がいない夜に、他の女を寝間に引き入れるなんて、考えるまでもなくとてつもない裏切りだ。

自業自得だ。涙が頬に伝った。着物ははだけ、髪も乱れ、見苦しい姿になっていることにも気づかなかった。

いつの間にか、その場に倒れるように横になって寝ていたようだ。

「旦那さま」

その声で、幸兵衛は目を覚ました。

「あっ、番頭さん」

幸兵衛は目を見開いた。

「何があったのですか」

番頭は焦ったようにきく。

「何が?」

幸兵衛はぽかんとした。

「今朝、女中が旦那さまの様子がおかしいと、私を呼びに来たのです。来てみれば、このありさま」

「…………」

幸兵衛はまだ思い出せない。

「旦那さま、これは土蔵の鍵ではありませんか」

「鍵？」

「ゆうべ、土蔵に行ったのですか。廊下の雨戸も開いたままです」

「土蔵……。あっ」

幸兵衛は思わず叫んだ。

「土蔵だ、土蔵に……」

幸兵衛は立ち上がろうとしたが、体が思うように動かない。

「私が見て参ります」

番頭が鍵を持って部屋を出て行った。

まだ、頭の中は霧が立ち込めているようではっきり思い出せない。誰かに鍵を渡したような気がしているが……。

番頭が駆け込んできた。

「たいへんです。千両箱がひとつなくなっています」

「千両箱が……」

その声で、幸兵衛は我に返った。

「それから、裏口の閂が外れていました。まさか、盗賊が……。旦那さま、どうなんですか」

「押込みだ」

「すぐ奉行所に知らせないと」

番頭が立ち上がろうとした。

「待っておくれ」

幸兵衛は引き止めた。

「すまない。このとおりだ」

幸兵衛は頭を下げる。

「旦那さま、いったいどうしたというのですか」

「奉行所に知らせるのは待ってくれ」

「何をおっしゃいますか。一千両を盗まれたんですよ」

「わかっている。だが、奉行所に報せても、金が返ってくるわけではない。押込みに入られたというよくない印象を持たれてしまう。私も脅しに屈したとはいえ、土蔵の鍵を出してしまったのだ、そのことに言い訳は立たない」

「でも、このままでいいわけはありません」

「頼む、このとおりだ」

幸兵衛は畳に額をつけるようにした。

「旦那さま」

番頭は呆れ返りながら、

「わかりました。ともかく、内儀さんがお帰りになるまで待ちます」

「…………」

おようはこの不始末に驚愕するに違いない。

幸兵衛は絶望的な気持ちになっていた。千両を盗まれた上に、おたかまで去って行った。おそらく、『山城屋』から追い出されることになるだろう。またも、涙が込み上げてきた。

番頭が冷たい目でそんな幸兵衛を見ていた。

昼過ぎに、およようが帰ってきた。

幸兵衛が寝ている寝間に、およようが駆け込んできた。

「おまえさん」

甲高い声が、幸兵衛の耳に不快に入ってきた。

「押込みに入られたですって」

およようは激しい剣幕で言う。これまで見たことのない顔つきだった。

「すまない」

幸兵衛は起き上がって体を折った。

「何で、鍵を出してしまったのさ」

「出さなければ殺されていたかもしれない」

「命を張ってでも『山城屋』の財産を守るのがおまえさんの役割でしょう。養子だからって、他人事《ひとごと》にしないでよ。一千両も盗まれたのよ。どうしてくれるのよ」

およようは興奮している。

「………」

何を言われても耐えるしかなかった。それに、幸兵衛にはおたかとのことが大きな問題だった。

「奉行所に訴えますからね」

「およう」

「やめて、亭主面は。『山城屋』を守れないような男は私の亭主じゃない」

「すまない。安太郎を呼んでくれ。安太郎を……」

幸兵衛はおように向かって哀願していた。

第四章　逆恨《さかうら》み

一

安太郎がやって来たのは、その日の夕方だった。

幸兵衛が寝ている枕元に座り、

「どうだ、具合は？」

と、安太郎は声をかけた。

「来てくれたか」

幸兵衛は少し安らぐような気持ちで言った。

「たいへんなことになっていたそうだな」

安太郎はいたわるように言う。

「ああ、とんでもないことになった。まさか、押込みに遭うとは……」

幸兵衛は体を起こしながら言う。

「起きてだいじょうぶなのか」

「ああ、体の問題じゃないから」

幸兵衛はふとんの上に半身を起こした。

改めて、安太郎と向かい合う。

「で、賊の顔を見たか」

さすがにこんなときだから、安太郎はにこやかな顔ではないが、それでも穏やかな表情に救われる思いだった。

「いや、頬被りをしていたし、なにしろこっちも恐怖にすくんでいたから」

「無理もない」

「おようは奉行所に訴え出たのだろうか」

幸兵衛は不安を口にした。

「いや。俺が引き止めた」

「えっ？」

「武三が奉行所に言わないでくれと頼んだそうではないか。そのことを聞いたから、おかみさんにそう言った。お店の信用に傷をつけないほうがいいとね。たとえ、押込みが捕まっても、金が戻ってくることはまずあり得ない。だったら、お店の信用に傷をつけないほうがいいと話したらわかってくれた」

「おようはわかってくれたのか」

幸兵衛は信じられないように言う。

「何だかんだと言っていたが、わかってくれた。奉公人にもそう説明したようだ。お店の信用第一がきいたようだ」

「そうか」

「奉行所の調べがあったら、おたかさんを引き入れていたことがわかってしまうかもしれないからな。そうなったら、おかみさんとの仲も最悪になりかねない」

「…………」

「だが、武三の信頼ががた落ちだ。おかみさんが、八つ当たり気味に、奉公人の前で武三の悪口を言っている」

「…………」

「でも、心配するな。一時のことだ。いずれ、信頼を回復出来るよ。そのためにも」

「安太郎」

幸兵衛は安太郎の言葉を遮った。

「おたかはどうしている？」

「武三。今はそんなことに煩《わずら》わされず、ゆっくり休め」

「おたかは怒って帰ってしまったんだ。誤解なんだ」

幸兵衛は起き上がりかけた。

「落ち着いて」

安太郎がなだめ、

「俺に任せろ」

「頼む。こんな状況になって、救いはおたかだけなんだ。おたかがいなければ、俺は生きていても仕方ない」

「そんな気弱なことを言うもんじゃない」

安太郎は微笑みを浮かべ、

「また、もとのようになれる。俺に任せて」

「いや。無理だ」

幸兵衛はこの先、自分がどうなるか、想像がついた。ふたりの叔父のうち、特に牛込の叔父は俺を『山城屋』から追い出そうとするだろう。

幸兵衛がそのことを言うと、安太郎は叱るように、

「そんな悪いほうばかり考えるな。牛込の叔父さんがどう考えようが、問題はおかみさんの気持ちだ。おかみさんに恨まれないようにうまくやればだいじょうぶだ。俺もうまく言っておいくから」

「安太郎、すまない」

幸兵衛は安太郎の微笑みが今の唯一の救いだった。きっと、安太郎は俺のために尽力をしてくれる。そういう安心感があった。

「じゃあ、また、来る。横になっていたほうがいい」

安太郎は下がった。

幸兵衛は再び横になった。

安太郎はあのように言ったが、おようとは名ばかりの夫婦だった。子どもがいないせいもあったが、今度のような失態があれば、おようは決して自分を許さないはずだ。それでも安太郎がいてくれたらだいじょうぶだという心強さがあった。

天井を見つめながら、ようやく落ち着いて押込みのことを振り返ることが出来るようになった。

幸兵衛が不思議だったのは、押込みがどこから侵入したのかだ。『山城屋』の周囲

の塀は高く、鋭い忍び返しが備わっている。塀を乗り越えるなど、至難の業だ。だとしたら、どこから進入したのか……。わからない、幸兵衛は考えられなかった。それ以上、考えると頭の芯が痛くなる。

まどろんだ。目が覚めると、部屋の中は真っ暗だった。夜になっていた。おように言われているのか、女中もやって来なかった。

厠《かわや》に行くために立ち上がった。襖を開けると、夕餉の膳は、握り飯ふたつにタクワンが添えてあった。

女中が置いて行ったのであろう。

厠から寝間に戻ったとき、おようのふとんがないのに気づいた。寝る部屋を別にするつもりだとわかった。

これから針の筵《むしろ》の暮らしがはじまるのだと思い知らされた。

翌朝、幸兵衛は出かけた。おようは幸兵衛を振り向きもせず、番頭もまた幸兵衛と目を合わせようとしなかった。

仕事のことを番頭に言おうとしたが、内儀さんからきいていますからとつれない返事だった。

そんな店から飛び出し、幸兵衛が向かったのは妻恋町だった。ここの長屋に、おたかは住んでいるということだった。

だが、いくつかの長屋で住人にも訊ねたが、おたかは見つからなかった。

それから、妻恋坂の途中にある『明月』に足を向けた。

そろそろ、昼の商売がはじまる頃だった。『明月』の門を入り、玄関に向かう。

出て来た女将は幸兵衛を覚えていた。

「すみません。まだ、なんです」

「私といっしょにきたおたかという女のことで教えていただきたいのですが」

幸兵衛は切り出した。

「おたかさんがどこに住んでいるか、ご存じではありませんか」

「あら」

と、女将は不思議そうな顔をした。

「お聞きじゃありませんか」

「いえ、なにを?」

「きのうの朝、ここの前を通り掛かったんです。そしたら、芝のほうに行くことになったと仰ってました」

「芝のほう？」

「ええ。なんだか、あわただしく」

「芝のどこだか聞いていませんか」

「いえ」

「そうですか。失礼しました」

幸兵衛は礼を言って、『明月』を出た。

坂を下りながら、何度か転びそうになった。足に力がなかった。まるで、雲の上を歩くような心もとなさだった。

坂を下りたとき、声をかけられた。

「幸兵衛さん」

立ち止まって振り返ると、明神下のほうから杵屋吉栄こと矢内栄次郎がやって来た。隣りにいるのは、確か以前に稽古に来ていた新八という男だ。

「これは吉栄さん」

幸兵衛は頭を下げた。

「どうかなさいましたか。なんだか具合が悪そうに思えましたが？」

「いえ、だいじょうぶです」

「なら、いいのですが。近いうちに、黒船町の家に来ていただけませんか。また、合わせたいのですが」

「あっ」

幸兵衛ははじめて気づいた。名取のお披露目も、いや、長唄の稽古に通《かよ》うことも出来なくなるに違いない。

「吉栄さん、じつは事情が出来まして、名取のお披露目の会に出られなくなりました」

「えっ、ほんとうですか」

「はい。いずれ、師匠のところに挨拶にいかねばならないと思っていますが、もし、よろしければ、吉栄さんから師匠にお話をしていただけたら」

「それは構いませんが、いったい何があったのですか」

「いえ、それは」

幸兵衛は首を横に振り、

「それから、しばらくお稽古もお休みいたします」

「まさか、そのままやめてしまうようなことに?」

「続けたいと思っているのですが……。では、失礼します」

と、幸兵衛は足早に栄次郎の前から去った。

名取のお披露目も出来なくなった。そのことも、幸兵衛の胸を激しく叩いた。


『山城屋』に帰ると、おようが冷たい目で、

「牛込の叔父さんが来ているの」

おようは幸兵衛に奥に行くように言った。

廊下を伝い、奥の部屋に行った。

「幸兵衛でございます」

部屋の前で声をかけ、幸兵衛は障子を開けた。

「入れ」

牛込の叔父は煙管《キセル》の雁首を灰吹《はいふき》に叩いた。

「失礼します」

幸兵衛は部屋に入った。

「ご無沙汰しています」

叔父の前に腰を下ろし、幸兵衛は挨拶をする。

「幸兵衛、おまえ、何をしてくれたんだ」

叔父は煙管を煙草入れに仕舞いながら激しく言う。押込みの報せを受け、すぐに駆けつけてきたようだ。

「申し訳ございません」

幸兵衛は謝るしかなかった。

「あっさり土蔵の鍵を渡したようだな」

「匕首を突き付けられまして」

「なぜ、鍵は番頭が持っていると言わなかったのだ？　先代から、万が一のときはそう言うように教えられていたんじゃないのか」

「言いました。でも、賊は私の言い分を信じませんでした」

「それでも、そう言い張るのが、この店を守る者の使命だ。匕首を突き付けられ、怖くなって進んで鍵を差し出したのか」

「ほんとうに殺されるかもしれないと思いました」

「ほんとうに殺したら、金をとりっぱぐれるんだ。そんなばかなことはしまいよ。それともなにか、そんとき誰かいっしょにいたのか」

「いません」

幸兵衛はあわてて言う。

「そうよな。おようも出かけていたんだ。おめえ、ひとりのはずだ」

　叔父はぐいと睨み付け、

「まさか。女を連れ込んでいなかったか」

「げっ」

　幸兵衛は思わずのけ反りそうになった。

「違います。そんなこと、ありえません」

「なぜ、そんなにあわてているんだ」

　叔父は侮蔑するように言い、

「近所の者が夜中に『山城屋』の裏口から女が出て行くのを見ていたそうだ」

「何かの間違いです」

　幸兵衛は必死で言い返す。

「おい、幸兵衛」

「はい」

「賊が金を奪って逃げたあと、どうして店の者を起こし、自身番に届けさせなかったんだ？　どうして、朝まで待っていたんだ？」

「気が動転して……」

「気が動転したからだと？　じゃあ、朝になっても、自身番にひとを走らせなかったのはどうしてだ？」

「店の信用を考えまして」

「店の信用だと？　そこまで店のことを思うなら、どうしてやすやす鍵を渡してしまったのだ」

「それは……」

「今度の不始末、おめえの罪は重いぜ。もう一度きくが、およういないのをいいことに、よもや女を引き入れて楽しんでいたんじゃないだろうな」

「そんなことはありません」

「誓って言うか」

「はい」

なんとしてでも、おたかのことは隠さねばならなかった。裏口からおたかが出て行くのを見ていた者がいたそうだが、しらを切り通すのだ。

「もし、あとで、女を引き入れていたことがわかったら、どう始末をつけるつもりだ？」

「そのようなことは決してありませんので」

「そうか。よし、わかった。もし、女を引き入れていたことがわかったら、『山城屋』から出て行ってもらう」

「………」

「どうした？」

「わかりました」

幸兵衛は受け入れるしかなかった。

「それにしても、おようもおようだ。どこに行っていやがったんだ」

叔父はぼやくように言う。

「おようは叔父さんのところに泊まったんじゃないんですか」

「俺のところ？」

叔父は眉根を寄せたが、急に苦笑して、

「俺も年だな。興奮していたから失念していた。よし、もういい」

「叔父さん、おようは叔母さんに呼ばれて泊まりに行ったんです。まさか、行っていなかったんでは？」

「確かに来ていた。俺は別に用事があったからあまり口をきいていなかったが、おようはうちの奴とずっといっしょだった」

とってつけたような説明だ。

「もういい」

叔父は不快そうに言う。

「失礼します」

幸兵衛は叔父の前から下がったが、やはり叔父の言葉に引っかかった。昨夜、およ
うは叔父の家に行っていないのではないか。
では、どこに……。もしかしたら、おようには男がいるのではないか。今まで考えも
しなかった疑いが急速に膨らんでいった。

叔父が帰ったあと、おようが出かけた。幸兵衛は店を出た。番頭は冷やかな目で見
送るだけだった。

おようは待たせてあった駕籠に乗った。幸兵衛はあとをつけた。下谷広小路を突っ
切り、駕籠は三河町《みかわちょう》に入ったところで停まった。

おようは駕籠から下りた。辺りを見回してから、歩きだす。ふいに、横町に入った、
幸兵衛はあとを追って、角を曲がった。

だが、おようの姿はなかった。小商いの店が並んでいる。おようはどこかに入った

のか。それとも、またどこかの路地を曲がったのか。

結局、尾行に失敗して、幸兵衛は引き上げた。だが、おようにに男がいるのは間違いないように思えた。

安太郎に探ってもらおうかと思った。しかし、それでおように男がいたとしてどうなるのかと、幸兵衛は自問した。

男がいようがいまいが、およう は俺を追い出そうとしているのだ。いや、俺のほうから『山城屋』を出て行くように仕向けているのではないか。

まさか、あの押込みはおようが……。そんなはずはないと思いつつ、幸兵衛はあることに気づいた。

押込みは、土蔵の鍵は番頭が持っていると言っても相手にしなかった。最初から、幸兵衛が持っていると信じていた節がある。おようから聞いていたのではないか。

幸兵衛は恐ろしい想像に身内が震えていた。

二

翌朝、栄次郎は元鳥越町の吉右衛門師匠の家に行った。まだ、早いので、他に弟子は来ていない。

栄次郎は見台の前に座って、

「師匠。幸兵衛さんのことですが」

と、切り出した。

「名取のお披露目の会に出席出来なくなったそうです。改めて、師匠に挨拶に伺うということでしたが、稽古も続けられないようです」

「そうですか」

吉右衛門はため息をもらし、

「最近、稽古に身が入っていないようでしたので、心配していたのですが……」

「何か悩み事でもあったと?」

「いえ、悩んでいるようではありませんでした。むしろ、機嫌がよいような」

「機嫌がよいですか」

栄次郎は呟き、

「幸兵衛さんは師匠に叱られたと言ってました。でも、確かに、幸兵衛さんは意気込んでいました。ですから、最近になって、幸兵衛さんに何かあったのに違いありません。きのう、幸兵衛さんを見かけたのですが、いつもの生気はありませんでした」

「最近、お身内にご不幸でもあったのでしょうか」

吉右衛門は表情を曇らせた。

「なんだか、このまま稽古もやめるのではないかという雰囲気でした」

「あのお方は長唄が好きなんです。その長唄をやめるというのはよほどのことがあったのかもしれません。吉栄さん」

吉右衛門は頭を下げ、

「何があったのか、それとなく調べてくれませんか。このままやめるようなことになってはいかにも残念です」

「わかりました」

その後、稽古をつけてもらって、栄次郎は師匠の家を出た。

あれきり、霞小僧の消息は絶えた。火盗改めが捕らえた霞小僧一味の者は厳しい拷問にも口を割らないまま日を重ねている。

吉右衛門師匠に言われるまでもなく、幸兵衛の身に何があったのか調べようと思っていた。よけいなお節介と言われそうだが、栄次郎は亡くなった矢内の父譲りのお節介病だった。

栄次郎は三味線堀を過ぎ、御徒町を経て、池之端仲町の『山城屋』にやって来た。

店先に立ち、中を見たが、幸兵衛の姿はなかった。

「すみません。幸兵衛さんにお会いしたいのですが」

番頭に声をかけたが、

「今、来客があり、しばらくは無理かと思います」

「そうですか。もしかしたら、お客さんは安太郎さんですか」

幸兵衛が弱っているときだから、幼馴染みの安太郎が心配して駆けつけたのではと想像したのだ。

「そうです」

番頭は答えた。

栄次郎は店を出て、外で安太郎を待つことにした。幸兵衛に直《じか》にきくより、安太郎のほうが正直に話してくれるかもしれない。

四半刻（三十分）後に、『山城屋』から安太郎が出て来た。はっとした。安太郎はいつぞや『明月』から出て来たときと同じように厳しい顔つきだった。

幸兵衛に何か困ったことがあるのだろうかと気になりながら、栄次郎は安太郎に呼びかけた。

「安太郎さん」

安太郎が立ち止まった。

「あなたは？」

「矢内栄次郎と申します。幸兵衛さんの長唄の仲間です」

「ああ、確か、幸兵衛さんの唄の三味線を弾いてくださる？」

「はい。ふたりで合わせる稽古を一度しかしていないのです。たまたま、きのう町でお会いしたら、名取のお披露目に出られなくなったと仰ったんです。幸兵衛さんに何があったのか気になって来てみました」

「そうですか」

立ち話の両脇を通行人がたくさん行き交う。

「池のほうに行きましょう」

安太郎は不忍池《しのばずのいけ》のほうに向かった。栄次郎も黙ってついて行く。

池の辺に立って、安太郎は池の真ん中辺りにある弁天堂《べんてんどう》に目をやりながら、

「じつは、私も詳しいことはわからないのですが、幸兵衛さんは商売で失敗し、多額の損失をお店に与えてしまったのです」

「損失ですか」

「そのことで親戚から激しい叱責を受け、内儀さんとの仲も悪くなり、幸兵衛さんは

にっちもさっちもいかなくなっているのです」

「そうなんですか」

「ええ。もともと、幸兵衛さんは先代の弟と折り合いが悪いそうです。ですから、下手《へた》をしたら『山城屋』を追い出されるかもしれない状況にあります。もう、長唄どころではないんです」

「まったく、知りませんでした」

栄次郎は驚いて言う。

「矢内さまにお会いするのは、今の幸兵衛さんにとってはとてもつらいことだと思います。長唄が好きな人間ですから」

安太郎は今までの厳しい顔から一転し、

「出来たら、このままそっとしておいてやったほうが、本人のためかもしれません」

と、柔らかな表情になった。

「いかがでしょうか」

「わかりました。幸兵衛さんがもっとも信頼を置いている安太郎さんが仰るのですから、そういたします。でも」

栄次郎は半拍の間を置いて、

「幸兵衛さんはほんとうに『山城屋』を追い出されてしまうのでしょうか。元のように、長唄の稽古に通えるようになることはあり得ないのでしょうか」

と、迫るようにきいた。

「わかりません」

安太郎は首を横に振って、

「でも、私がなんとか支えていきます」

と、栄次郎をなだめるように言った。

「お願いします。落ち着いたら、ぜひお会いしたいとお伝えください」

「わかりました」

安太郎は微笑んだ。

「では、私はこのまま引き上げます」

栄次郎は安太郎と別れ、浅草黒船町に向かった。

幸兵衛は過酷な状況にあるようだ。いったい、商売でどんな失敗をしたのだろうか。多額の損失とはどのくらいの額なのか。

ただ、気になることがあった。安太郎と向かい合っていて、ときたま何か得体の知れぬ凄味のようなものを感じた。

最初の厳しい表情から柔らかな表情になった。最後に微笑んだが、その目は笑っていなかった。

もっともそういう人間はたくさんいるから、特に安太郎だけが変わっているわけではあるまい。

なにしろ、幸兵衛が絶大な信頼を置いている男なのだ。

浅草黒船町のお秋の家に着いて、二階の小部屋に入ってもすぐに三味線を弾く気になれなかったのは幸兵衛のことを考えたからだ。

『山城屋』を追い出されるほどの商売の失敗とはなんだろうか。詐欺《さぎ》に遭って、大きな損害を受けたのだろうか。

いや、そんなことはあり得ない。商売に当たり外れは当然あるはずだ。その責任をいちいちとっていたら、商家の主人は何人も変わることになる。

『山城屋』を追い出されるほどのことが事実だとしたら、それは商売の失敗ではなく、他に理由があるのではないか。

吉右衛門師匠は、幸兵衛は稽古に身が入っていないと言っていたが、悩んでいるようではなかったという。

そういえば、名取のお披露目の演目を『汐汲』に替えた。恋物語を選んだ心の変化のわけは……。

女絡みで何かあったのだろうか。やはり、幸兵衛に直にきくべきだ。正直に答えるかどうかは別として、受け答えの様子から何かが摑めるかもしれない。

そう思ったとき、お秋が襖を開けた。

「栄次郎さん、幸兵衛さんが下に」

「幸兵衛さんが」

栄次郎は幸兵衛のことを考えていたので驚いて立ち上がった。

「上がるように言ったんだけど、なにかぐずぐずして」

「行ってみます」

栄次郎は梯子段を駆け下りた。

土間に、幸兵衛の姿はなかった。

栄次郎は草履《ぞうり》を履き、外に出た。川っぷちに、幸兵衛の後ろ姿が見えた。御厩河《おうまやが》岸《し》の渡し舟が対岸の本所側に向かっている。

「幸兵衛さん」

栄次郎は近付いて声をかけた。

幸兵衛は虚ろな目で振り返った。

「迷ったんですが……」

幸兵衛は消え入りそうな声で言う。

栄次郎は横に並んで、

「幸兵衛さん、何があったのですか」

と、切り出した。

「吉栄さん」

幸兵衛が目を見開き、

「お願いがあるんです」

と、口にした。

「なんでも仰ってください」

「家内のおようのことを調べていただけませんか」

「内儀さんのことを?」

栄次郎は困惑した。

「はい。おように男がいるのかどうか、知りたいんです」

「なぜ、そのような疑いを?」

「こんなお願いが出来るのは吉栄さんだけなんです。どうか、お願いします」

栄次郎の問いには答えず、自分の思いを一方的に言う。

「幸兵衛さん。わけを話していただけませんか」

「私は……」

幸兵衛は言いよどんでから、意を決したように口を開いた。

「もう『山城屋』で飼い殺しでしょう。商売にも口を出せず、ただ形だけの主人として、いえ、形だけとしても残れるか……」

「何があったのですか」

栄次郎はもう一度きいた。

「………」

幸兵衛は口をつぐんだ。

「安太郎さんは、あなたが商売で失敗し、お店に大損を与えたと仰っていました」

「商売の失敗……」

幸兵衛は呟く。

「幸兵衛さんがひとり責任を負うような失敗ってなんでしょう？」

「違う。そんなんじゃない」

「違うんですか。では、なんなのですか」

幸兵衛は川に顔を向けた。ひんやりした川風を受け、幸兵衛は大きく息を吐き出した。それを何度か繰り返した。自分の中で、何かと闘っているのかもしれない。

幸兵衛は顔を戻した。まだ口をあえがせていたが、

「一昨日、押込みに入られ、千両を盗まれたんです」

と、引きつったような声で言った。

「押込みですって」

栄次郎は訝《いぶか》しく思った。崎田孫兵衛からは何も聞いていない。

「どんな連中ですか」

栄次郎の脳裏を霞小僧一味のことが掠めた。

「黒い布で頬被りした三人組でした。頭《かしら》らしい男は四十前後、鋭い眼光の男です」

「どこから、賊は侵入したのですか」

「よくわからないのです。塀を乗り越えるのは難しいはずです。それなのに、気がついたとき、賊は部屋の中にいたのです」

「奉行所はなんと言っているのですか」

「話していません」

「えっ、奉行所に訴えていないのですか」

栄次郎は耳を疑った。

「どうしてですか」

「いろいろ事情がありまして」

「事情とは？」

「…………」

「奉行所に訴えなかったのは、内儀さんも納得してのことですか」

「最初から、そのつもりだったはずですから」

「最初からとは？」

「いえ」

幸兵衛の歯切れは悪い。

「賊は内儀さんを脅し、土蔵の鍵を出させたのですか」

栄次郎は別のことをきいた。

「いえ」

幸兵衛は苦しそうに顔を歪める。

「では、あなたが匕首を突き付けられて……」

「押込みがあった夜、おようは出かけていて店にはいませんでした。じつは、その夜私は……」

幸兵衛は言いよどんだ。

「いえ、なんでもありません」

「幸兵衛さん、なんでも仰っていただけませんか」

「いえ、なんでも」

幸兵衛は首を強く横に振ってから、

「それより、あの押込みはおようがひとを使ってやらせたんじゃないかと気になるんです。もちろん、そうではないことを願っていますが……」

「それは思い過ごしでしょう」

栄次郎は打ち消す。

「お願いです。調べていただけませんか」

「わかりました。お引き受けいたしましょう。でも、どうして安太郎さんに相談しなかったのですか」

「しようとしました。昼間、安太郎が店に来たときに……」

「なぜ、しなかったのですか」

もう一度、栄次郎はきいた。

「相談しようと口に出かかったとき、吉栄さんに頼んだほうがいいと思ったのです」

さっきから問いかけに、まっとうに答えていないのは、隠していることがあるからか、それともそういう判断さえ出来なくなっているのか。

「わかりました」

いまひとつ、納得出来なかったが、幸兵衛の頼みを聞いた。

「幸兵衛さん。新八さんに頼もうと思います。新八さんにも事情をお話ししますが、よろしいでしょうか」

「はい、お任せします」

幸兵衛は虚ろな目で頭を下げ、栄次郎の前から去って行った。

その悄然《しょうぜん》とした後ろ姿に胸がつかえ、栄次郎は暗い気持ちになっていた。

三

翌日、牛込の叔父がやって来て、幸兵衛は居間の隣りの部屋に呼ばれた。

「失礼します」

部屋に入ると、叔父の横におようが座っていた。ふたりの厳しい顔つきから、いよいよ来るべきときがきたと思った。

「幸兵衛。嘘をついていたな」

いきなり、叔父が切り出した。

「だしぬけに、なんのことでしょうか」

内心でびくつきながら、幸兵衛はきき返す。

「押込みのあったとき、家に誰がいた？」

「私、ひとりです」

答えるまで、一拍の間を要した。

「もう一度きく。誰がいたんだ？」

幸兵衛は冷や汗をかいていた。

「おたかって女は誰だ？」

「えっ」

幸兵衛は飛び上がりそうになった。

「あの夜、おまえはおようが家にいないのをよいことに、おたかという女をこの家に引き入れたそうだな」

「それは……」

「おまえさん、ごまかそうとしてもだめよ。おたかさんが私に会いに来たんですからね」

　およう が口を入れた。

「どういうことだ？」

　幸兵衛はおようの顔を睨み付けた。

　おようはぞっとするような冷たい目で見つめ、

「おたかさんが私に詫びにきたんですよ。おまえさんに言い寄られ、断りきれずにずるずると関係を持ち、この家にも呼びつけられたと言っていたわ」

「違う。嘘だ」

　幸兵衛は夢中で叫ぶ。

「幸兵衛。何が嘘なんだ。おたかとつきあっていたことは間違いないはずだ。押込みの夜、おたかはこの家のおまえたちの寝間にいたのだ。どうだ？」

「……………」

「答えられないのか」

叔父は眦を吊り上げ、

「このひとでなし」

と、幸兵衛を罵った。

「叔父さん、お言葉をお返しするようですが、おようにも情夫がいるんです。押込みだって、おようが私を貶《おとし》めるためにひとを使って……」

「呆れたわ」

おようが叫んだ。

「自分のことは棚に上げて。自分の責任で盗まれた千両のことを、よりによって私のせいにするなんて。恥を知りなさい」

「何を言うか。あの夜、おたかがこの家にいたのを知っているのは押込みの賊だけです。おようがそのことを知っているのは、賊から聞いたからです」

「おまえさん」

おようは蔑むように、

「私がおたかさんのことを知ったのは、おたかさんが私に会いに来たからよ」

「嘘だ。おたかが詫びに来るはずはない。この家で一晩過ごしたいと言ったのはおたかのほうだ。そんな女がおまえに謝りになんか来るはずない」

「可哀そうなひと」

　おようが含み笑いを浮かべた。

「幸兵衛。押込みがおようの仕業《しわざ》だと言ったのは聞き捨てならねえ。はっきりした証《あかし》があって言ってるのか」

「ですから、おたかがこの家にいたことを知っているのは押込みの連中だけ。そうだ、奴らは、土蔵の鍵を私が持っていると思い込んでいた。おようから聞いていたんだ」

「誰だって、土蔵の鍵は主人が保管していると思っているはずだ」

　叔父は呆れたように言い、

「もっとちゃんとした証があるのか。盗まれた千両がおようの部屋にあったとか」

「いえ、他にはありません」

　幸兵衛は小さくなって言う。

「もう一度きく。おたかって女をこの家に引き入れたのだな」

「…………」

「この期《ご》に及んでまだ、とぼけようというのか」

「叔父さん、私は……」

「なんだ?」

「確かに、おたかをこの家に引き入れました。でも、私が望んだんじゃありません、おたかなんです」

「おまえさん。仮にどっちが望もうが、私たちの寝間に女を引き入れて一晩過ごそうとしたことは間違いないのよ」

おまえだって、という言葉を喉元で飲み込んだ。確たる証がない。もっと早く、栄次郎に調べてもらうんだったと悔やんだ。

「幸兵衛、わかっているな。おようと離縁だ」

「…………」

幸兵衛は拳を握りしめた。

「信じられない」

幸兵衛は呟いた。

「何が信じられないのだ？」

「おたかが謝りに来たということです。あの女のほうが積極的だったんだ。あとから謝るような女なら、あんなことは言い出さない」

「往生際《おうじようぎわ》が悪いぞ、幸兵衛」

叔父は鋭く言う。

「およう。おたかは今どこにいるのだ？」

「知らないわ」

「嘘だろう？　おたかがやって来たと言うのは嘘だ。どうして、おたかのことを知ったんだ？　他におたかがこの家で泊まることを知っていたのは安太郎しか……」

幸兵衛は唖然とした。

「二、三日のうちに荷物をまとめて出て行ってもらう。いいな」

叔父は突き放すように言った。


幸兵衛は『山城屋』を飛び出すと、湯島切通しから本郷に向かった。

どうしても安太郎に会って確かめたいことがあった。前回本郷通り沿いの三丁目から五丁目にかけて酒問屋を探したが、安太郎の店は見つからなかった。

きょうは本郷菊坂台町や菊坂町、そして小石川片町《かたまち》で安太郎の店を探した。だが、見つからなかった。

念を入れて、安太郎の名を出してきいても、知っている者はいなかった。本郷に、安太郎の店はない。そう考えざるを得なかった。

疲れ果てて、『山城屋』に戻ると、安太郎が客間に来ていた。

「安太郎」

幸兵衛は救いを求めるように呼びかけた。

「武三。どうした、血相を変えて」

安太郎はにこやかに言う。

「おたかのことがおようにばれている。もしや、おまえが……」

「すまない。おかみさんにきかれ、断り切れなかったんだ」

「じゃあ。おたかがこの家に入り込んだことを話したのは安太郎だったのか」

「そうだ」

安太郎はにこやかな表情で答える。

「なぜだ、なぜ、最後まで俺をかばってくれなかったのだ?」

「押込みがいけなかったのだ。あれで、すべてが狂った」

安太郎は落ち着いて言う。

「しかし、おたかのことは誰も知らなかったんだ」

「いや、おかみさんは勘づいていたんだよ。すべて、気づいていたんだ。おかみさんは、自分が留守したとき、必ず家におたかを引き入れると睨んでいたそうだ」

「それでも、おまえが黙っていてくれたら」

「武三」

　安太郎は真顔になった。

「いくらなんでも、おたかをこの家に招くなんてやり過ぎだ。それ以外のことなら、なんでも手を貸したが、こればかりは」

「安太郎……」

　幸兵衛は唖然として安太郎の顔を見た。

「まさか、おまえは……」

　幸兵衛は声が続かなかった。

「まさか、なんだえ」

「本郷に店があると言ったな。本郷のどこにも、おまえの店はなかった」

「よく、探したのか」

「よく探した。だから、本郷におまえの店はないことがはっきりした」

「そうか」

　安太郎は涼しい顔で応じる。

「おまえは最初から私をはめようとして……」

「武三、おまえは少し疲れているんだ」

「きさま」

幸兵衛は拳《こぶし》を握りしめてじっと耐えた。

「武三。新しく住む長屋を手配しておこうか。どうだ、生まれ育った北森下町に帰るっていうのは……」

「なぜだ、なぜ、こんな真似を」

微笑みながら近付き、親切ごかしに手を貸してくれる、それはすべて企みがあってのことだったのか。

「こんな真似？　言っただろう、俺は武三の力になりたいだけだと」

「最初から私を陥《おとしい》れようとしていたのか」

「大きな声を出すな。奉公人に聞こえるぜ」

安太郎は微笑みながら言う。

「その微笑みでひとを油断させて、ひとの心に踏み込みやがって。汚ねえ」

幸兵衛は乱暴に非難した。

「武三。大店の主人の座から転げ落ちる心持ちは？」

「なぜだ、なぜ、幼馴染みの私を……」

「幼馴染みだからだ」

「なに？」

「北森下町でのことを覚えているか。おまえの家は鼻緒屋でかなり繁盛していたな。俺の家は荒物屋だったが、町内にも荒物屋があって、俺のところは客があまり来なかった。おめえはいいものを着、うまいものを食べ、家の中から笑い声がいつも絶えなかった。その笑い声がすると、おやじはいつも耳を塞《ふさ》いでいた。いや、俺も妹もそうだ、俺たち一家で。おめえの家の笑い声は俺たち一家を地獄に突き落としていたんだ。そんな俺たちの苦しみなどわからず、ときたまおめえの親はおすそ分けだといい、うまそうな食べ物をくれた。俺や妹は夢中で食ったが、おやじとおふくろは手をつけようとしなかった。めぐんでやるという態度に、おやじは反発していたんだ。親父が博《ばく》打《ち》にのめり込んだのも、ひとやま当てようとしたんだ。親父も浅はかだが、気持ちはよくわかったぜ」

「…………」

　安太郎の一家がそんな思いでいたことなど、想像さえしていなかった。食べ物をあげたり、着なくなった着物をあげたりした。安太郎の家ではみな喜んでくれているとばかり思っていた。

「俺たち一家はみな腹の内ではおめえたちに反発しながら、顔はにこにこして、媚びへつらっていたんだ。悔しいが、おめえの家からの施しがなければやっていけないのは事実だったからな」

幸兵衛はあまりの話に言葉を失っていた。

「店が人手に渡って夜逃げ同然に引っ越したとき、これであいつらの顔を見ずにすむと笑っていた親父の顔を覚えている」

安太郎は顔を歪めて続ける。

「芝のほうの知り合いを頼って行ったが、それからの暮らしはもっと悲惨だった。ところが、武三はこんな大店の主人に納まっていた。俺は理不尽だと思ったぜ」

「だから、俺を破滅させようとしたのか」

やっと、幸兵衛は声を出した。

「そうだ。おめえが、大店の主人としてまた俺を見下して接する。もう、そんなつきあいはごめんだ。おめえが落ちぶれていくところを見てみたい。そう思ったのだ」

「そんな……」

「そうそう、武三。今まで黙っていたが、おたかはな、俺の妹だ」

「妹……」

「そうさ。引っ越して行ったとき、あいつはまだ四歳だったからな。再会したってわかるわけはない」

幸兵衛はそこまで仕組まれていたことに、ただ愕然とするしかなかった。すべてが終わったことを、今身をもって感じた。

「話し合いはすんだかしら」

おようが部屋に入ってきた。

そして、次の瞬間、幸兵衛は信じられない光景を目にした。おようが安太郎の傍《かたわ》らに座ると、安太郎が手を伸ばし、おようの手を握ったのだ。

呆気にとられていると、

「武三、どうした、そんな顔をして」

と、安太郎が冷笑を浮かべた。

「いつからだ？」

「半年前に偶然、『山城屋』の主人が武三だと気づいてから、おように近付いた。もっとも、おようが身も心を許してくれるようになったのはここひと月ほど前からだがね」

「どうするつもりだ？」

「どうするとは？」

安太郎は笑いながら言う。

「およう、この男を婿にするつもりか」

「ええ。『山城屋』に主人がいないと納まりがつかないでしょう。おまえさんが出て行って、落ち着いたら『山城屋』にはいってもらうわ」

「武三。『山城屋』のことは俺に任せろ」

安太郎は勝ち誇ったように言う。

「およう、やめるんだ。この男はだめだ。『山城屋』を食い物にするつもりだ」

「おいおい、人聞きの悪いことを言ってもらっては困る」

安太郎はおかしそうに笑った。

「牛込の叔父さんに訴える」

幸兵衛は息巻いた。

「無駄だよ、武三」

安太郎は冷たく言い放つ。

「俺の妹を手込めにし、あちこち連れまわし、あげく自分の家に連れ込んだ。そんな男の言い分を誰が信じるか」

「おまえさん。叔父さんは、安太郎さんを気に入っているのよ」

おようが哀れむように幸兵衛を見た。

「この前から、俺がおめえを武三と呼んでいることに気づいていただろう。いずれ、俺が幸兵衛を名乗るようになるからだ」

屈辱に胸をかきむしりたくなったが、幸兵衛にもはや歯向かう力はなかった。


夕方になって、幸兵衛は『山城屋』を出た。

幸兵衛はふらふらと吾妻橋《あづまばし》までやって来た。辺りはだいぶ薄暗くなっていた。橋の途中で立ち止まり、欄干《らんかん》に手をついた。

真下を覗く、波が立っている。もう生きていく気力もなかった。おたかが安太郎の妹だったことは幸兵衛をうちのめした。

あの兄妹がそこまで自分を恨んでいたなんて、想像もしていなかった。

おたかも本気だと思っていたのだ。裸の胸にしがみついてきたことも、ときに甘え、すねたこともすべて偽りだったとは、未だに信じたくなかった。

おたかのために、『山城屋』を捨ててもいいとさえ思った。だが、それもすべて幻に過ぎなかった。

欄干を乗り越え、川に飛び込んだら、今の苦しみから解き放たれる。幸兵衛に残された道はそれしかなかった。

幸兵衛が欄干に手をかけ、大きく身を乗り出したとき、いきなり帯を引っ張られた。あっと短く叫び、幸兵衛はよろけ尻餅をついた。

「幸兵衛さん、ばかな真似はやめるんだ」

「あっ、新八さん」

「おかみさんが出かけるのを待っていたら、幸兵衛さんが出て来た。様子がおかしいのであとをつけてきたんです」

「新八さん、私にはこれしか道はないんです」

「いけませんぜ。ともかく、立ち上がってください」

新八は幸兵衛を起こしてくれた。

「黒船町はすぐそこです。栄次郎さんがいらっしゃいます。ともかく、そこに行きましょう」

新八は半ば強引に、幸兵衛を引っ張って行った。

四

お秋の家にいた栄次郎は、新八が幸兵衛を連れてきたことに驚いた。そして、身を投げようとしたと聞いて、衝撃を受けた。そこまで幸兵衛が追い詰められていたことに気づかなかった自分を責めた。

「幸兵衛さん、今度こそ、包み隠さずすべてを話していただけますか」

栄次郎は悄然としている幸兵衛に声をかけた。

「おようと安太郎は出来ていたんです。おようの情夫は安太郎だったんです。おたかは安太郎の妹でした」

思いつくまま、幸兵衛は口にしているようだった。

「おたかとは？」

栄次郎は口をはさんだ。

「安太郎と妹のおたかは私を陥れるために近付いてきたんです」

「幸兵衛さんはおたかという女とつきあっていたというわけですか」

「そうです」

「幸兵衛さん、押込みがあった夜、家にはあなたしかいなかったと仰っていましたね。でも、そのときおたかさんがいっしょだったんじゃありませんか」

栄次郎は確かめた。

「そうです」

一拍の間があって、幸兵衛が答えた。

「やはり、そうでしたか。家におたかを引き入れた経緯《いきさつ》を詳しく話してください」

「おたかが私の家で一晩過ごしたいと言い出したのです。おようが叔父の家に泊《と》まりに行って私だけだったので、夜の五つ半（午後九時）過ぎに裏口の戸を開けておたかを引き入れました」

幸兵衛は喘《あえ》ぎながら話す。

「部屋に入れて、ふたりで少しお酒を呑んで、それから寝間に行きました。そこに三人の賊が入ってきたのです」

「それで」

栄次郎は先を促す。

「賊は土蔵の鍵を出せと私に言い、出さなければおたかを手込めにすると言って、おたかを寝間に連れ込んだんです。おたかは助けを求めていて、私はやむなく土蔵の鍵を出しました」

「なるほど。で、賊は土蔵から千両箱を盗んで逃げたのですね」

「はい」

「おたかは?」

「私が鍵を出すのを渋っていたことに腹を立てていて、賊が出て行ったあとに、裏口から出て行きました」

「賊はどこから入った思いますか」

「わかりません」

「わかりませんか。おたかを引き入れたとき、何か変わったことはありませんでしたか」

「いえ、別に……」

「よく思い出してください。たとえば、おたかは庭に入ったあと、幸兵衛さんにしがみついたりしませんでしたか」

「そうです。暗く寂しい場所でひとりで待っていて怖かったと、私にしがみついてきました」

「その隙に、賊のひとりが庭に忍び込んだのでしょう」

「まさか」

　幸兵衛は考え込んでいたが、ふいに顔を上げた。

「そうだ。あのとき、何か目の端に入ったような気がしたのですが、おたかがあまりに激しくしがみついてきたので……。えっ、じゃあ、おたかは押込みの仲間なんですか」

「間違いないと思います」

　栄次郎は言い切った。

「押込みの賊が、おたかを脅したのは芝居でしょう。これは霞小僧という盗賊の手口そのものです」

「霞小僧？」

「ここ半年近く、おなかという女が色仕掛けで狙った大店の主人に近付き、家に入り込んだ夜に押込みに入られています。今回の場合とまったく同じです。六月のはじめ、大伝馬町の下駄問屋『生駒屋』の主人が押込みに入られて殺されました。おそらく、おなかが押込みの仲間と気づかれ殺したのでしょう」

「おなかという女がおたかでしょうか」

「おそらく、そうでしょう。ただ、『山城屋』さんに対しては安太郎兄妹の複雑な気持ちが絡み合っていたので、他の押込みとはだいぶ違った形を示しています」

「安太郎は『山城屋』を乗っ取ろうとしているんです」

「霞小僧一味は『山城屋』の陰に身を隠そうとしているのでしょう。安太郎が『山城屋』の主人になれば、一味の者を奉公人に仕立てたりして匿《かくま》うことが出来ます」

「そんなこと、許せません」

　幸兵衛は興奮し、

「どうしたらいいんでしょうか」

　と、栄次郎にすがりついた。

「霞小僧一味を捕まえることに手を貸してください」

「もちろんです」

「幸兵衛さんはこれから『山城屋』に戻り、何を言われても歯向かわず、なんだかんだと言い繕い、『山城屋』に居座り続けてください。その間に、安太郎を尾行し、霞小僧一味の隠れ家を突き止めます」

「わかりました」

「安太郎に気づかれないようにくれぐれも気をつけてください」

「はい。先代のためにも、『山城屋』を守ってみせます」

幸兵衛の顔に生気が戻ってきた。

「では、怪しまれないように『山城屋』に戻ってください」

「わかりました」

幸兵衛が気負ったように立ち上がった。


二日後の昼過ぎ、栄次郎は新八の案内で『美浜屋』の蔵太郎とともに三河町にやって来た。幸兵衛がおように見失った場所だ。

小商いの店が並んでいる中にしもたやがある。だが、新八はその前を素通りした。

「こっちです」

新八が連れて行ったのは、長屋の裏手だった、そこから、武家屋敷の塀を背に建っている一軒家が見通せる場所。

「あの家に安太郎が入って行きました。若い女もいました」

女はおたかであろう。

「他に男は?」

「ひとり、四十前後の男がいました」

幸兵衛の話では、押込みの頭は四十ぐらいの眼光の鋭い男だと言っていた。

「その男が霞小僧の頭《かしら》かもしれませんね。あと、手下がふたり、この近くに住んでいるに違いありません」

一軒家の戸が開き、安太郎が出て来た。その後ろから、女が現れた。

「あっ」

蔵太郎が叫んだ。

「おなかです。なんだか雰囲気は違いますが、おなかに違いありません」

「やはり、そうでしたか」

安太郎は女に見送られて昌平橋のほうに向かった。これから『山城屋』に行くのだろう。栄次郎は新八に、

「天木さんを呼んで来ていただけますか」

と、頼んだ。

「わかりました」

すでに、天木真二郎と岡っ引きの又蔵には一切を話してあり、今、ふたりは須田町の自身番で待機している。

「蔵太郎さん、あとでおなかと対峙していただきます。よろしいですか」

「はい」

おなかは家の中に引っ込んだ。

それからしばらくして、おなかの顔が二階の窓に見えた。その横に、四十ぐらいの恰幅のよい男が立って、外を探るような目で見て、部屋に引っ込んだ。

おなかはその男の情婦なのだろう。

天木真二郎と又蔵がやって来た。

「おなかに間違いないそうだな」

天木真二郎が興奮を抑えてきいた。

「はい。霞小僧の頭と思える男がいっしょです」

「大家にきくと、あの家には上州《じょうしゅう》からやって来た商人で、富五郎《とみごろう》という四十ぐらいの男と三十ぐらいの男、それに二十三、四の色っぽい年増《としま》が一年近く前から住んでいるそうだ。なんでも、江戸で商売をはじめる下準備にきていると言っていたそうだが、いまだに商売をはじめる気配はないそうだ」

「なるほど」

やはり、霞小僧に間違いないと思った。

「よし、踏み込む」

天木真二郎が意気込んだ。

「あと手下ふたりの居場所がわかっていませんが」

「頭を捕まえれば手下などすぐ見つかる」

「我らだけでいいですか」

「俺と矢内どのがいれば問題ない。へたに応援を頼んで気づかれては元も子もない」

「わかりました。最初は、私と蔵太郎さんで家を訪ねます」

「いいだろう。俺はそなたたちの様子を見計らって飛び込む」

「わかりました。新八さんは、手下がやって来るかもしれないので、見張っていてくれますか」

「へい」

「又蔵は裏口を見張れ」

天木真二郎は又蔵に指図をした。

「じゃあ、蔵太郎さん、行きましょう」

栄次郎は二階の窓に気をつけながら一軒家に近付いた。二階の窓は障子が閉まり、見られている心配はなかった。

格子戸の前に立った。

「私が先に入ります。声をかけたら、来てください」

「はい」

栄次郎は戸を開け、土間に入った。

「ごめんください」

二階に聞こえるように大きな声で呼びかけた。

しばらくして、梯子段を下り、華やかな顔だちの年増が現れた。富士額《ふじびたい》で切れ長の目には色気があった。

「お侍さん、なんの用ですか」

少し気だるいような言い方できいた。

「おたかさんでいらっしゃいますか」

栄次郎はいきなりきいた。

「違います。なんですか、いきなり」

「私は『山城屋』の幸兵衛さんに頼まれて、おたかさんを探しているんです」

「人違いです。どうぞ、お引き取りください」

「でも、安太郎さんから聞いてきたんです。あなたは安太郎さんの妹さんで、おたかと名乗って幸兵衛さんに近付いたんじゃありませんか」

「なんのことかわかりません。どうぞお引き取りください」

「では、安太郎さんの妹さんであることはお認めに？」

　物音がして、恰幅のよい男が現れた。四十ぐらいの眼光の鋭い男だ。霞小僧一味の頭に違いない。

「お侍さん。どうやらひと違いのようですぜ」

「ほんとうにおたかさんじゃないんですね」

「お侍さんもしつこいですな」

　男は口許を歪めた。

「失礼ですが、あなたは？」

「わしは上州からやって来ている商人の富五郎だ」

「安太郎さんとはどのような間柄ですか」

「番頭だ。さあ、もういいだろう。帰ってもらおう」

「その前にもう一度」

　と、栄次郎は女に顔を向け、

「じつは、もうひとりの知り合いが、あなたは伊勢町河岸の『おろち』という呑み屋にいたおなかさんだと言っています。あなたがおたかさんではないなら、やはりおなかさんなんでしょうか」

「何を言っているのかさっぱりわかりません」

女はあくまでもとぼけた。

「では、その者を呼んでみましょう」

栄次郎は振り返り、

「どうぞ」

と、蔵太郎を中に呼んだ。

女の顔色が変わった。

「おなかさん、お久しぶりですね」

蔵太郎が挨拶をする。

「ずいぶん、雰囲気が違うので、ひと違いかと思いました」

「あんたなんて、知らないわ」

「いっしょに、浜町堀の空き家に入ったじゃありませんか。あのあとから行方がわからなくなって心配していたんです」

「おまえさん、なんの真似だ？」

富五郎が蔵太郎に凄んだ。

「富五郎さん、なぜ、そんなに警戒しているんですか。このひとがおなかさんだと何かまずい事でもあるのですか」

「なんだと」

富五郎が眦《まなじり》を吊り上げた。

「私はおなかなんて女じゃありませんよ。さっさと帰ってくださいな」

「では、瀬戸物問屋『瀬戸屋』、足袋問屋『但馬屋』、油問屋『結城屋』の主人にあなたを見てもらいましょう」

「なんなのさ、いい加減なことばかり言って。連れてくるなら連れてきなさいよ」

女は喚《わめ》くように言った。

「ここに連れてくることは出来ません。大番屋で、顔合わせすることになります」

「なんだと」

富五郎が血相を変えた。

「てめえ、何者なんだ」

「さっきも言ったように、幸兵衛さんの知り合いですよ。幸兵衛さんの『山城屋』は先日、押込みに入られました。それから、さっき話した『瀬戸屋』、『但馬屋』、『結城屋』も同じ手口で押込みに入られました。『生駒屋』のご主人は殺されて……」

「この野郎」

富五郎の顔が紅潮した。

いきなり奥に向かい、すぐ戻ってきた。その手に匕首が握られていた。

「とうとう正体を現しましたね」

「くそっ」

富五郎は匕首を構えて土間に立つ栄次郎に飛び掛かってきた。栄次郎は身を翻《ひるがえ》して突進を避け、すかさず相手の手首に手刀を打ちつけた。

匕首を落としたが、富五郎は手首の痛みをものともせず、栄次郎に摑みかかってきた。栄次郎はその手首を摑んでひねった。

富五郎は悲鳴を上げて土間に倒れた。

そこに天木真二郎が飛び込んできた。

「富五郎、押込みの件で聞きたいことがある。番屋まで来てもらう」

又蔵が騒ぎをききつけて入ってきた。

「又蔵、縄をかけろ」

「へい」

「さて、女」

天木真二郎は女に向かった。

「おめえはこの男の情婦か」

「ふん」

不貞腐《ふてくさ》れたように、女は顔を背《そむ》けた。

「押込みの罪だ。おめえにも縄をかける」

富五郎を後ろ手に縛り上げた又蔵が女にも縄をかけた。

「おなかさん……」

蔵太郎が泣きそうな声で女を見る。

女は蔵太郎に向かって唾を吐いた。唾は、蔵太郎のだいぶ手前で落ちた。

「富五郎、手下はどこだ?」

天木真二郎が問い詰める。

「そんなものいねえ」

「しらを切るのか」

「知らねえものは知らねえ」

「そうか。火盗改めに捕まったおめえの手下は拷問にも音《ね》を上げなかったそうだ。たいしたもんだ」

天木真二郎が口許を歪め、

「だが、お頭が捕まったと知れば、もう頑張れまい」

「…………」

富五郎は口を真一文字に結んで抵抗した。

「ありましたぜ」

新八がいつの間にか奥から現れた。

「台所の床下から、金が出て来ましたぜ。『山城屋』の刻印の入った千両箱もそのまありました」

「富五郎、もう言い訳はきかねえな」

天木真二郎が含み笑いをした。

「ちくしょう」

富五郎は恨みのこもった目を栄次郎に向けた。

「天木さん、私はこれから『山城屋』に行ってきます」

「わかった。こいつらを大番屋に連れ込んでから、俺たちも『山城屋』に向かう」

「はい。では」

蔵太郎を送り届けるように新八に頼み、栄次郎は『山城屋』に急いだ。

五

座敷には牛込の叔父だけでなく、小石川の叔父も来ていた。正式に、この場で幸兵衛に引導《いんどう》を渡すつもりなのだ。

おようと安太郎も脇に控えている。

「牛込の兄さんから聞いたが、おようの留守に女をよりによって寝間に引き入れ、あげく押込みに入られて一千両を盗まれたそうだな」

小石川の叔父が切り出した。

先代のふたりの弟は顔がよく似ている。いかにも堅物《かたぶつ》で融通がきかない人間だ。長唄を楽しみ、さばけた人柄の先代とほんとうに兄弟かと疑うほどだ。

「幸兵衛、どうなんだ、言い分があればきく。言ってみな」

「仰るように私はおたかという女に騙されて家に引き入れてしまいました」

幸兵衛は顔を上げ、居並ぶ叔父たちを見ながら堂々と口にした。

「騙された？」

「はい。おたかは、ここにいる安太郎の妹です。安太郎と妹は幼い頃のことを逆恨みし、私を陥れようとして、私に近付いたのです」

「武三、呆れた」

安太郎がいきなり笑いだした。さも、おかしそうに笑った。だが、叔父の険しい視線に気づいて、あわてて笑いを引っ込めた。

「私を陥れるためだけではありません。『山城屋』を乗っ取る狙いもあり、安太郎はおように近付き、私に妹を近付けたのです」

「その証があるのか」

小石川の叔父が確かめる。

「安太郎から聞きました」

「おいおい」

安太郎が口を入れた。

「おまえさんは黙っているんだ」

小石川の叔父が窘《たしな》める。

「安太郎からなんときいたんだ?」

「子どもの頃から私たち一家を恨んでいて、私が『山城屋』の主人に納まっていることに我慢ならなかったそうです」

「安太郎がそんなことをおまえに言ったのか」

「そうです」

「なんで、安太郎がわざわざそんなことをおまえに言わなくてはならなかったのだ？」

「私に勝ち誇った姿を見せつけたかったのです。そして、私が苦しむ姿を見たかったのに違いありません」

小石川の叔父が、安太郎に顔を向け、

「何か言いたいことがあるか」

と、声をかける。

「もちろんです。こんな根も葉もないことを言われて黙っているわけにはいきません。私たちは幼馴染みでした。仲がよかったんです。でも、私の家は店が傾き、夜逃げ同然に引っ越しました。それきり、武三とは会っていませんでしたが、今頃どうしているのだろうと、ときたま思い出していました」

安太郎はしおらしく続ける。

「そして、二十年振りに偶然、お店で武三と再会しました。そのとき、私は以前に世話になった問屋の娘のおたかさんといっしょでした。そしたら、あろうことか、武三はおたかさんに目をつけ、俺に寄越せと、まるで物のように言うのです。私は断りましたが、武三は勝手におたかさんをくどき、金の力でついに思いを遂げてしまったのです。私は自分の女をとられたことよりも、亭主に裏切られているおかみさんに同情したのです」

同情を買うように、安太郎はときおりわざとらしく声を詰まらせている。

どこまでも性根の腐った男なんだと、幸兵衛は呆れるしかなかった。

「幸兵衛」

今度は牛込の叔父が口を開いた。

「今の安太郎の言い分に何か文句があるか」

「はい、たくさんあります。でも、何を言っても無駄でしょう。安太郎の口のうまさには敵《かな》いません」

幸兵衛はおように目をやり、

「およう、この男の微笑みに騙されたらだめだ。私はまったく疑いもしなかった。その微笑みは私をだいじに思ってくれる心の証だと思っていた。だが、違うのだ。この男の微笑みの裏に刃が隠してある。時期がきたら、その刃が襲いかかる。叔父さん、このままなら、安太郎にこの『山城屋』を乗っ取られてしまいます」

「おまえさん、見苦しい真似はよして」

おようは汚いものを見るように顔をしかめた。

「私はおまえが別れたいのならいつでもここを出て行く。だが、先代が大事に育てた『山城屋』をこんな男に乗っ取られてしまうのは我慢ならない。私がこの家を出て行くと同時に安太郎とも手を切ってくれ」

幸兵衛は身を乗り出し、

「叔父さん。安太郎を『山城屋』に入れてはだめです」

「おまえにそのようなことを言われる筋合いはない」

牛込の叔父がぴしゃりと言う。

よほど、安太郎とおたかは、霞小僧という盗賊の一味だと言いたかったが、その証を問われても答えられない。

「よし、これまでだ」

小石川の叔父が話し合いの打ち切りを宣するように言った。

「親族の話し合いの末ということで、おようと幸兵衛を離縁することに決めたい」

「いいでしょう」

牛込の叔父は応じる。

ならない。


「およう も異存はないな」

「はい」

 およう が言うと、安太郎は微笑みを見せた。幸兵衛は胸を掻きむしりたくなった。離縁されるのは仕方ない。だが、安太郎を『山城屋』に入れることだけは阻まねばならない。


「叔父さん、お聞きください」

 幸兵衛は思い切って切り出した。

「あの夜、押し込んだ賊とおたかはぐるだったのです」

「幸兵衛、何を言い出すんだ」

 叔父が呆れた顔をした。

「ほんとうです。私は夜、裏口からおたかを庭に引き入れました。庭に入るや、おたかは私にしがみついてきました。その間に仲間がひとり庭に忍び込んだのです」

「武三、また得意の作り話を……」

「作り話ではありません。賊はおたかをてごめにしようとしました。やむを得ず、私は土蔵の鍵を出してしまいましたが、賊は私が鍵を持っていると信じて疑いませんでした。番頭が持っていると言っても聞く耳を持ちませんでした。はじめから、わかっていたのです。およう」

幸兵衛はおようの顔を見て、

「よく思い出してみるのだ。安太郎から土蔵の鍵のありかをきかれたことはないか」

「…………」

おようが顔色を変えた。

「どうなんだ？」

幸兵衛は迫る。

「あるわ」

「ばかばかしい。それは『山城屋』の戸締まりを心配したついでにきいたことだ」

安太郎は微《かす》かに狼狽《ろうばい》し、

「こんな男の言葉を真《ま》に受けるな」

と、おようを叱るように言った。

「およう、どうした？」

牛込の叔父が訝しげにきいた。

「安太郎さんから土蔵の鍵のことをきかれたとき、ちょっと妙な気がしたことを思い出したんです」

「およう、変なことを言うな」

「そうだ、およう。それも『山城屋』を心配してのことだろう。これ以上、話し合っても無駄だ」

牛込の叔父はやはり、安太郎に少しの疑念も抱いていないようだった。

ふたりの叔父は顔を寄せ、何事かを相談してから、

「幸兵衛、きょうというわけにはいくまいから明日だ。明日、荷物をまとめて出て行ってもらおう」

と、小石川の叔父がはっきり告げた。

「以上だ」

話し合いの終了を告げる声に重なって、

「お待ちください」

という声が聞こえた。

幸兵衛が驚いて顔を向けると、襖を開けて矢内栄次郎が入ってきた。

栄次郎はだいぶ前から来ていて話を盗み聞きしていた。そして、話し合いが終わりかけるのを待って、部屋に闖入《ちんにゅう》した。

「誰ですか、おまえさんは？」

「私は幸兵衛さんの長唄の兄弟弟子で、矢内栄次郎と申します。みなさまのお話の邪魔をするつもりはなく、ただここにいる安太郎さんにお話があって参りました」

「失礼ではありませんか。話なら、場所を変えましょう」

安太郎が立ち上がろうとした。

「そのまま」

栄次郎は鋭く言う。

安太郎は腰を落とした。

「その前に幸兵衛さん。『山城屋』から盗まれた千両箱が見つかりました。中身は無事でした」

「ほんとうですか」

「ええ、三河町の一軒家に富五郎という男とおたかさんがいました。安太郎さんもその家で暮らしていたそうですね」

「なんのことだか」

安太郎は引きつった顔を背けた。

「火盗改めに霞小僧と呼ばれた押込み一味の頭目富五郎とその情婦が今、大番屋におります。火盗改めが捕まえた男は拷問にも口を割らなかったそうですが、富五郎と情婦が捕まったらもう頑張る気力も萎《な》えるでしょう」

栄次郎はおように向かい、

「内儀さん。さっきの鍵の件、安太郎さんが内儀さんから聞き出し、お頭《かしら》に教えたのですよ」

「………」

およは目を見張った。

「矢内さま、いったいどういうことですか」

叔父のひとりが栄次郎にきいた。

「この安太郎は霞小僧の仲間です。一千両を奪い、さらに霞小僧は『山城屋』乗っ取りを企んでいたのです。もうすぐ、同心と親分がやって来ます」

「ちくしょう」

いきなり安太郎は懐から匕首を取り出した。悲鳴が上がった。安太郎は栄次郎ではなく、幸兵衛に向かった。

栄次郎はとっさに刀の鞘で安太郎の足を突いた。

あっと声を上げ、安太郎は幸兵衛の目の前で無様《ぶざま》に倒れた。栄次郎は駆け寄り、安太郎を取り押さえた。

「内儀さん、これがこの男の正体です」

栄次郎は安太郎の腕をねじ上げて言った。

「安太郎、どうして盗人の仲間に？」

幸兵衛がやりきれないようにきいた。

「苦界《くがい》に沈んだ妹を身請けしてくれたのが富五郎だ。それからは俺は富五郎の手先になって面白おかしく暮らそうとしたんだ」

安太郎ははかなげに笑った。

「南町の御方がお見えです」

女中が知らせに来た。


その日の夕方、栄次郎は『山城屋』から急いで本郷の屋敷に帰った。

最近、霞小僧の探索のほうに時間を割《さ》かれ、屋敷を空けていることが多く、兄や母とゆっくり話し合う機会がなかった。きょうは、兄の縁談の相手である綾乃が我が屋敷にやって来るので、早く帰るようにと母から厳命を受けていた。にも拘《かかわ》らず、こんな刻限になってしまい、栄次郎は屋敷に駆け込んだ。

屋敷の中はひっそりとしていた。栄次郎は兄の部屋に赴《おもむ》いた。

「兄上、いらっしゃいますか」

「入れ」

「失礼します」

栄次郎は襖を開け、部屋に入った。兄は濡れ縁に座って庭を眺めて寝ていた。

「栄次郎、こっちに来い」

「はい」

栄次郎は濡れ縁に出た。何かあったのかもしれないと思った。

兄の傍らに座る。

「兄上、お相手の方は？」

「お帰りになられた」

「もうお帰りに？」

「うむ」

「母上は？」

「寝込んでいるかもしれぬ」

兄は微かに笑みを漏らした。

「寝込む？　何かあったのですか」

「綾乃という娘、この屋敷に到着するや否や、小さくて汚いお屋敷と呟いた。花嫁道具を入れたら住む部屋がないとか言ったそうだ。それきり、不機嫌そうになって早々と引き上げた」

「………………」

「母上も、あんな我が儘な娘は願い下げだといきり立っていらっしゃった。だいたい、この屋敷に下見に来るということからして勝手なのだ」

綾乃は一千石の旗本の娘である。格下の相手に嫁ぐことに乗り気ではなかったのだろう。だが、大御所の伜の兄ということで計算が働き、親は娘を矢内家に嫁がせる気になったのだ。

「岩井さまの読みが当たった」

兄がまた笑みを浮かべた。

「読み？」

「屋敷に招けば、綾乃さまは絶対に縁組を断るようになる。そんな我が儘な姿を見れば、母上もこの縁談を望まなくなるはずだと」

「そうだったのですか」

「だから嫁は来ぬ。栄次郎、もうしばらくこの屋敷にいるのだ。いいな」

「はい」

栄次郎は複雑な思いで返事をした。しかし、兄の表情にはほっとしたものがあり、やはりまだ自由でいたいのだと思うと同時に、母が心配になった。

が、母はすぐ立ち直り、また新しい嫁探しに奔走するはずだ。ただ束の間の猶予が出来ただけだ。それでも、心は解き放たれたように爽快になっていた。


数日後、火盗改めが捕らえていた男の自白によって霞小僧の残りの手下を捕縛したという知らせが奉行所にあった。

その翌日、幸兵衛が黒船町のお秋の家にやって来た。羽織姿で、いかにも大店の主人という風格を醸しだしていた。

「このたびは、ほんとうにありがとうございました」

幸兵衛は栄次郎の前に手をついた。

「『山城屋』に残ることになったそうですね」

「はい。いろいろ話し合い、おようともやり直すことになりました」

「それはよかった」

栄次郎も素直に喜んだ。

「ふたりの叔父も、私が最後まで『山城屋』を守ろうとしたことを褒めてくださり、やり直すことに反対はしませんでした」

幸兵衛は安堵したように言い、

「ただ、名取のお披露目ですが、おようや叔父たちは出てもいいと言ってくれたのですが、やはり私は辞退しようと思います。いえ、長唄のお稽古は続けます」

「やはり、安太郎兄妹のことが心に？」

「はい。あのふたりが昔から私たち一家を恨んでいたとは思えません。でも、最近になって、私が『山城屋』の主人に納まっていたことを知り、自分たち兄妹との境遇の違いから逆恨みをしたのではないかと思います。しかし、安太郎は私の幼馴染みには変わりありません。その安太郎はおそらく獄門《ごくもん》になりましょう。妹とて、よくて遠島《えんとう》。そんな裁きがはじまるときに、名取のお披露目など華やかな場で興じることは出来ません」

「そうですか」

「じつは、ここに来る前に、師匠の家に寄り、名取のお披露目会に出ないことを申し入れ、師匠にもわかっていただきました」

「残念ですが、わかりました」

「でも、吉栄さんにお願いがあるのですが」

「なんでしょう」

「名取のお披露目会に出ない代わりに、今ここで栄次郎さんの三味線で唄わせていただき、新しい門出《かどで》にしたいのです」

「喜んで」

栄次郎は三味線を取り出し、撥を持って構えた。幸兵衛は目の前に、『汐汲』の詞を記した紙を広げた。

呼吸を整え、栄次郎は前弾きから弾きはじめ、そして幸兵衛の唄がはじまった。幸兵衛はきょうは声がよく通っていた。

終盤に差し掛かる。ふと、幸兵衛の目に涙が滲んでいるのに気づいた。

暇申して帰る波の音……松風の松風の、噂は世々に残るらん
在原行平を想う松風におたかを重ねたのか。幸兵衛はほんとうにおたかのことが好きだったのかもしれないと思った。

時代小説

二見時代小説文庫

微笑《ほほえ》み返《がえ》し　栄次郎江戸暦《えいじろうえどごよみ》18

著者　小杉健治《こすぎけんじ》

発行所　株式会社 二見書房
東京都千代田区三崎町二-一八-一一
電話　〇三-三五一五-二三一一［営業］
　　　〇三-三五一五-二三一三［編集］
振替　〇〇一七〇-四-二六三九

印刷　株式会社 堀内印刷所
製本　株式会社 村上製本所

落丁・乱丁本はお取り替えいたします。
定価は、カバーに表示してあります。

 ISBN978－4－576－17141－8
http://www.futami.co.jp/

氷月 葵

御庭番の二代目

シリーズ

将軍直属の「御庭番」宮地家の若き二代目加門。
盟友と合力して江戸に降りかかる闇と闘う！ 以下続刊

① 将軍の跡継ぎ
② 藩主の乱
③ 上様の笠
④ 首狙い
⑤ 老中の深謀

婿殿は山同心

完結

① 世直し隠し剣
② 首吊り志願
③ けんか大名

公事宿 裏始末

完結

① 公事宿 裏始末 火車廻る
② 公事宿 裏始末 気炎立つ
③ 公事宿 裏始末 濡れ衣奉行
④ 公事宿 裏始末 孤月の剣
⑤ 公事宿 裏始末 追っ手討ち

二見時代小説文庫